SV

Juan José Millás
Das war die Einsamkeit

Roman

Aus dem Spanischen
von Peter Schwaar

Suhrkamp Verlag

Die Originalausgabe *La soledad era esto*
erschien 1990 bei Ediciones Destino, Barcelona

Erste Auflage 1991

Druck: MZ-Verlagsdruckerei GmbH, Memmingen
Printed in Germany

Zum Andenken an Cándida García

Hatte er wirklich Lust, das warme, mit ererbten Möbeln gemütlich ausgestattete Zimmer in eine Höhle verwandeln zu lassen, in der er dann freilich nach allen Richtungen ungestört würde kriechen können, jedoch auch unter gleichzeitigem, schnellen, gänzlichen Vergessen seiner menschlichen Vergangenheit?

Franz Kafka, *Die Verwandlung*

Erster Teil

EINS

Elena war dabei, sich im Badezimmer die Haare von den Beinen zu entfernen, als das Telefon klingelte und ihr mitgeteilt wurde, soeben sei ihre Mutter gestorben. Unwillkürlich schaute sie auf die Uhr und versuchte sich die Zeit zu merken – abends halb sieben. Obwohl die Tage allmählich wieder länger wurden, war es schon beinahe dunkel, da sich seit dem Mittag Wolken wie ein Dach über die Stadt gelegt hatten. Die beste Tageszeit, um von dieser Welt zu gehen, dachte sie, das Ohr an die Muschel gepreßt, während sie ihrem Mann zuhörte, der am andern Ende der Leitung gleichzeitig effizient und liebevoll zu sein versuchte.

»Ich komme dich abholen«, sagte er, »und wir fahren zusammen ins Krankenhaus. Dein Bruder ist schon dort.«

»Und meine Schwester?« fragte sie. »Wer gibt meiner Schwester Bescheid?«

»Ich hab' eben mit ihrem Mann gesprochen, sie kommen noch heute abend mit einer Maschine, die um zehn von Barcelona abgeht. Um die praktischen Dinge brauchst du dich nicht zu kümmern. Mach dich bereit und warte, bis ich vorbeikomme.«

Elena hängte den Hörer ein und setzte sich aufs Sofa, um die Nachricht zu verarbeiten; mit der rechten Hand riß sie die Wachskrusten weg, die das Bein hart machten, während ihre Augen über die Wohnzimmerwände wanderten, ohne etwas vom Gesehenen aufzunehmen. Als sie ins Bad zurückging, war das vorbereitete Wachs hart geworden, so daß sie darauf verzichtete, sich auch das linke Bein zu enthaaren. Sie zog den Morgenrock aus und stellte sich in einer Hilflosigkeit ausdrückenden Haltung unter die Dusche, konnte jedoch nicht weinen. Damit bestätigte sich gleichsam eine Vorstellung, wonach der Tod ihrer Mutter, sowie er einträte, eine bürokratische Formalität wäre – Papierkram, der bloß etwas Vergangenes bekräftigen würde, denn für Elena war ihre Mutter schon seit langem tot.

Sie wählte dunkle Strümpfe, damit man nicht sähe, daß ihr eines Bein nicht enthaart war, und zog einigermaßen aufreizende Unterwäsche an, um vor sich selbst die Trauer zu leugnen, die das dunkle, aus den Tiefen des Schranks ans Licht geholte Jackenkleid zum Ausdruck zu bringen versuchte.

Es erschien ihr besser, kein Make-up aufzulegen und sich auch die Augen nicht zu schminken, aber sie ordnete ihre langen Haare, indem sie sie im Nacken hochsteckte. Sie wollte sich nicht den Anschein von Trostlosigkeit geben, sondern von einer Vernachlässigung, die darauf zurückzuführen wäre, daß sie eilig das Haus verlassen wollte, kaum hatte sie die Nachricht vernommen. Sie zögerte, ob sie eine Spur Lippenstift auftragen sollte, beschloß dann aber, so, wie sie wäre, sei sie schön genug, obwohl es sich um eine Schönheit im Niedergang handelte, durch dic schon dreiundvierzig Jahre gezogen waren – dreiundvierzig Jahre, die weder den Glanz ihrer Augen auslöschen noch den herausfordernden Zug ihrer Lippen hatten korrigieren können. Sie verdrehte den Rock, um den Eindruck von

Hast noch zu betonen, und ging ins Wohnzimmer zurück, wo sie einen Joint drehte, den sie neben dem Fenster stehend rauchte, während sie den Veränderungen des Lichts zuschaute. Sie wohnte in einer vornehmen Wohnung im nördlichen Teil Madrids, von wo aus man eine Stadtlandschaft sehen konnte, die je nach den Tönungen der Monate eine andere Gestalt anzunehmen schien. Jetzt war Februar, und es war dunkel geworden, so daß die Häuser mit den Lichtern in ihren Fenstern zur Einkehr luden. Sie dachte an Mercedes, ihre Tochter, und verdrängte den Impuls, sie anzurufen, denn sie stellte sich vor, das hätte ihr Mann schon übernommen.

Nachdem sie den Joint ausgedrückt hatte, versuchte sie einen brillanten oder tragischen, dem eben erlittenen Verlust angemessenen Gedanken zu entwickeln, aber es kam ihr nichts in den Sinn. Der Tod ihrer Mutter schien weniger ein Ereignis als eine schlichte, in die Abfolge der Tage eingebundene Tatsache, ohne die Kraft, sich als Bruch oder als Sieg über das Alltägliche auszuwirken. Das Haschisch begann sich schon in ihrem Nacken bemerkbar zu machen, und sie ahnte, daß sie in den Szenen, an denen sie während der folgenden Stunden teilzunehmen hätte, auf der Seite der Toten stehen würde, an dem Ort, wo sich nun ihre Mutter befand und von wo aus man die Dinge des Lebens vermutlich ohne Leidenschaft, ohne Haß, ohne Liebe sähe, mit einem unbeteiligten, überaus gleichgültigen Blick, der allerdings von einer auf die mechanischen Aspekte der Gemütsbewegungen gerichteten Neugier stimuliert sein mochte.

Währenddessen traf Enrique ein, ihr Mann, umarmte sie mit solidarischem Ausdruck und bemühte sich, einen Schmerz zu lindern, der gar nicht erst aufgekommen war. Elena lächelte liebenswürdig. Du weißt ja, wie ich über diesen Tod dachte, sagte sie. Nie habe ich das richtig glauben können, antwortete er.
Elena fürchtete, die Wirkung des Haschisch würde verfliegen, und drehte einen weiteren Joint mit der Ausrede, ihn Enrique anzubieten. Wir werden ihn im Auto rauchen, sagte sie, und sie gingen.

Ihre Mutter schien endlich zu lächeln. Sie trug ein weißes, an die Ordenstracht einer Novizin gemahnendes Totenhemd, aus dem ein vom Tod weich gemachtes Gesicht hervorschaute. Sie war starr, eine Leiche, aber auf ihrer gerunzelten Stirn war etwas wie die Anspannung eines Gedankens festgehalten. Das eine Auge war leicht geöffnet und gab so dem Gesicht einen asymmetrischen Ausdruck, der Elena daran erinnerte, daß sie sich das linke Bein nicht enthaart hatte. War die Wirklichkeit symmetrisch, oder war die Symmetrie ein dem menschlichen Gehirn entsprungenes Ideal? Ergaben sich etwa aus allem, was sich halbieren ließ, zwei harmonische Teile? Wo ist die Mitte meines Lebens? fragte sie sich, während sie ihre Tochter beobachtete, die sich mit schmerzlicher Höflichkeit um Angehörige und Freunde kümmerte. Läßt meine Mutter hier einen Raum zurück, der symmetrisch ist zu dem, den sie jetzt einnimmt? Lassen die Toten in dieser Schmerzenswelt einen Abglanz von sich zurück? Welches Gefühl ist symmetrisch zum Schmerz?

Die beiden letzten Sätze verschafften ihr eine leichte Befriedigung, obwohl ihre seelische Verfassung sie eher gleichgültig ließ. Stell dir vor, ich hatte mir gerade die Beine enthaart, gestand sie jemandem, der zu ihr getreten war, um sie zu küssen.

Die Begegnung mit ihrem Bruder munterte sie etwas auf, denn die Umarmung ließ sie ihre gegenseitige Zuneigung spüren, die sich bei derartigen Gelegenheiten ohne die Zensur der Scham äußern konnte. Dagegen war ihre Schwester frostig und distanziert, als wäre ihr Elena noch die Kindheit schuldig. Ihre Tochter Mercedes war noch nicht zu ihr gekommen, warf ihr aber ressentimentgeladene Blicke zu, denen Elena auszuweichen versuchte. Ihre Mutter und ihre Tochter hatten denselben Namen. Da lag eine Symmetrie, die vielleicht weitere, bedeutungsvollere Symmetrien symbolisierte; beide Mercedes pflegten mit dem Blick zu tadeln und mit Distanz, mit Schuld zu strafen. Ich bin der Mittelpunkt dieser symmetrischen Beziehung, bin ihr Kern, nähre sie. Wie geht's dir, Mama? fragte ihre Tochter, die endlich zu ihr getreten war und ihr einen Kuß gegeben hatte. Stell dir vor, ich hatte mir gerade die Beine enthaart, als das Telefon klingelte. Ich habe alles nur zur Hälfte gemacht, die Schenkel, alles. Sie dachte, das Wort Schenkel sei in diesem Totenfeierkontext gut gesetzt. Mein Mann und ich werden heute abend da bleiben, antwortete ihre Tochter. Geh und ruh dich aus, wenn du willst. Es wird einiges zu tun geben, die Papiere und so. Alles kein Problem, Mama, mach dir keine Gedanken.

Sie ist genau wie meine Schwester, noch eine Symmetrie, ich bin gar nicht fähig, weh zu tun, wie beide mir unterstellen. Auch meine Schwester heißt Mercedes, wie meine Mutter, wie meine Tochter. Wie wer bin ich? Welcher von diesen Personen gleiche ich? Welches von diesen Trauergesichtern heißt Elena und hat ein unenthaartes Bein? Bin ich jemandes Bezugspunkt oder nur die Mitte dieser Verwirrung? Was schulde ich ihnen? Was schulde ich diesen Frauen, das ich noch immer nicht abbezahlt habe? Die eine von ihnen hat mir die Jugend sauer gemacht, und die andere war jung, als ich schon zu sinken begann. Genug jetzt, alles ist, wie es ist: Meine Mutter ist tot, hinter dem Glas, das dazu da ist, die Toten vor den Lebenden zu schützen; die Familie und die Freunde sehen traurig aus; mein Mann kümmert sich um alle mit beachtlicher Effizienz, und ich gehe trockenen Auges hin und her, den Rock verdreht und das linke Bein voller Haare. Die Unterwäsche – genug jetzt. Der Tod der Eltern verändert die Perspektive des Lebens, sagte ihr jemand zu einem flüchtigen Kuß auf die Wange ins Ohr. Er bringt es eher näher, antwortete Elena mit den Umständen entsprechendem Lächeln und zog sich an den Rand dieser Totenfeier zurück.

In dieser Nacht schlief sie gut, wenn man darunter versteht, mit all seinen Sinnen zu schlafen und beim Erwachen keinerlei Eintragung von den Schlafstunden zu haben. Sie erwachte nicht benommen, jedoch von ihrem Leben etwas abgerückt, so daß sie es in den ersten Momenten dieses Tages, an dem der Leichnam ihrer Mutter der Erde übergeben werden sollte, wieder rekonstruieren mußte. Enrique war schon im Bad unter der Dusche, deren Rauschen wie das Echo eines fernen Regens ins Schlafzimmer drang. Sie versuchte irgendein Bruchstück der Nacht herüberzuretten, fand aber nichts außer dem Abdruck ihres Körpers auf der Matratze als einzigen Beweis, daß sie während dieser Schwebestunden hier verharrt hatte. Sie trug einen Pyjama von Enrique, der ihr zu groß war, ihr aber gefiel, weil sich ihre Glieder darin so frei bewegen konnten. Tatsächlich schlief sie schon lange in Männerwäsche, die sie angeblich für ihren Mann kaufte, aber für sich selbst behielt.

Sie stand auf und konstatierte ein Gefühl von Kraft, das sie ein wenig befremdete. Vielleicht war in der Nacht etwas mit ihr geschehen, dessen sie sich nicht bewußt war, das sich jetzt aber in einem für einen Trauertag nicht vorgesehenen körperlichen Optimismus ausdrückte.

Enrique war nicht im Bad, und da merkte sie, daß das Geräusch, dem sie vom Bett aus zugehört hatte, nicht die Dusche, sondern wirklich der Regen gewesen war, der sich jenseits der Fensterscheiben ereignete. Der Regen und der Tod. Sie ging ins Wohnzimmer und trat einen Schritt auf die Terrasse hinaus. Die Temperatur war gestiegen, und die Luft wurde allmählich reiner. Sie atmete tief ein und spürte, wie ihr die feuchte Luft bis zuinnerst in die Lunge drang, wo sicherlich eine chemische Reaktion erfolgte, die das Gefühl von Kraft, mit dem sie aufgestanden war, verstärkte.

»Ich hab' dir einen Kaffee gemacht«, sagte Enrique hinter ihr.

»Morgen. Ein schlechter Tag für eine Beerdigung.«
»Für so etwas gibt es keinen guten Tag.« Dann versanken sie in dem in ihrer Beziehung üblichen Schweigen, während sie zuschauten, wie der Regen sanft auf die Dächer und Fassaden fiel, die die zu ihnen gehörende Stadtlandschaft bildeten.
Nach einer Tasse Kaffee trat Elena ins Bad und zog sich aus, um eine Dusche zu nehmen, aber da bemerkte sie die Haare an ihrem linken Bein und begann, ohne genau zu wissen, weshalb, auf dem Wannenrand sitzend zu weinen; mit den Gesichtsmuskeln machte sie zwei, drei Bewegungen, um festzustellen, ob sie sich beherrschen könne, doch ihre Augen füllten sich so selbstverständlich wie ein überlaufendes Gefäß. Sie war versucht, sich der für den Tränenfluß typischen Stimmung hinzugeben, reagierte aber zornig und fest entschlossen, sich nicht von einer Trauer übermannen zu lassen, die zu den andern gehörte. Als sie jedoch aus der Dusche kam, war alles anders. Die Kraft von zuvor war gewichen und hatte in ihr einen freien Raum hinterlassen, der sogleich von einem neuen, schwer einzustufenden Gefühl eingenommen wurde, das sie ziemlich geradlinig in die Niedergeschlagenheit trieb. Ihr Vater, seit sieben oder acht Jahren tot, kam ihr in den Sinn, und vielleicht zum ersten Mal in ihrem Leben spürte sie, daß das Wort Waise eine schreckliche Bedeutung hatte. Sie beschloß sich zu enthaaren, doch sogleich überfiel sie ein abergläubischer Impuls, es nicht zu tun. Da dachte sie, gleich nach dem Aufstehen hätte sie im Bestattungsinstitut anrufen sollen, um mit ihrer Tochter zu sprechen und sie zu fragen, wie die

Tote die Nacht verbracht habe. Darüber mußte sie kurz lächeln, aber von diesem Augenblick an war sie sicher, daß seit dem Vortag etwas sie ganz besonders Betreffendes im Gange war, obwohl sie von der Bedeutung des Vorgangs und von der Art und Weise, wie er in ihr Leben eingreifen könnte, keine Ahnung hatte. Dann dachte sie, ihr Mann sei nicht nett, denn er hätte sich ebenfalls anbieten sollen, diese Nacht bei der Leiche zu verbringen. Dabei bürstete sie sich die Haare wie in Erwartung einer Bestimmung, die sich aber nicht zeigen wollte.

Zu guter Letzt beschloß sie, nicht auf die Beerdigung zu gehen. Enrique könnte sagen, sie habe eine sehr schlechte Nacht verbracht und am frühen Morgen eine Kolik erlitten. Sie wollte trotzdem kommen, aber ich hab's ihr nicht erlaubt, sollte er allen erklären, obwohl weder ihre Schwester noch ihre Tochter, Mercedes beide, es letztlich glauben würden.

ZWEI

Nach der Beerdigung verstrichen einige Tage, deren Friede auf tönernen Füßen stand. Es regnete sanft und gleichförmig, als handle es sich um eine routinehafte, aber ohne Überzeugung zelebrierte Gewohnheit. In winzigen Tropfen fiel das Wasser ergeben auf Dächer, Straßen und Passanten, die es ebenfalls gehorsam und resigniert entgegennahmen. Elena, die sich das linke Bein noch immer nicht enthaart hatte, sah dem Regen vom Wohnzimmerfenster oder ihrem Schlafzimmer aus mit ebenso zerbrechlichem Gleichmut zu.

Der Februar neigte sich lautlos dem Ende zu, und auf einmal nahmen die Monatsnamen eine neuartige Bedeutung an. Elena setzte in den März die Hoffnung auf Sonne und wünschte sich, die Wirklichkeit möchte sich endlich nicht mehr in diesen Grautönen äußern, hinter denen sich eine Drohung zu verstecken schien. Das große Möbelstück im Wohnzimmer, wo sie das Geschirr verwahrte, hatte mit der Feuchtigkeit eine Art unerklärliches organisches Leben bekommen. Betrachtete sie es aus einiger Entfernung, so schien es die Töne seiner dunklen Farbe zu verändern, als schnitte es zum Sofa hin Grimassen. Anderseits machte es, ebenfalls aus der Distanz, den Anschein zu schwitzen, als fände im Holz ein chemischer Prozeß statt, dessen Ergebnis in der Absonderung gewisser Säfte bestünde. Wenn Elena hinzutrat und das Möbel berührte, verschwand das Gefühl oder schwächte sich ab. Jedenfalls

öffnete sie die Türen dieses Möbels nur noch mit leichtem Widerwillen.
Eines Tages bekam sie einen Anruf von ihrer Schwester Mercedes, die es offenbar eilig hatte, bezüglich der Aufteilung der Erbschaft ein Übereinkommen zu erzielen. Elena wies darauf hin, daß es angezeigt wäre, mit Juan, beider Bruder, zu sprechen, aber Mercedes hatte sich bereits mit ihm in Kontakt gesetzt und einige grundsätzliche Vereinbarungen getroffen.
»Wir haben gedacht«, sagte sie, »wenn keiner von uns dreien ein besonderes Interesse an Mamas Wohnung hat, sollten wir sie verkaufen.«
»Einverstanden«, sagte Elena.
»Du wirkst seltsam. Ist etwas?«
»Diese Schmerzen sind wieder gekommen. Es geht mir schlecht.«
Ihre Schwester gab ihr ein paar Empfehlungen und sicherte zu, am folgenden Wochenende nach Madrid zu kommen, um mit ihren Geschwistern in die Wohnung der Mutter zu gehen und sie zu räumen, bevor sie zum Verkauf ausgeschrieben würde. Das schloß auch die Aufteilung – für Elena klang das wie Plünderung – der Möbel und anderen Einrichtungsgegenstände dieses Heims mit ein, das das Heim von ihnen allen gewesen war.
In der nächsten Nacht hatte sie eine Kolik und stand am Morgen erschöpft auf. Ihr Mann war schon zur Arbeit gegangen. Sie frühstückte in der Küche, rauchte einen Joint und legte sich wieder hin. Das Bett war kalt, so daß sie den Morgenrock gar nicht erst auszog. Trotz ihrer Müdigkeit und der entspannenden

Wirkung des Haschisch konnte sie nicht schlafen, da ihr – außerhalb ihrer Kontrolle – eine Bilderfolge durch den Kopf zu ziehen begann. Es waren Bilder ohne Gedanken und Überlegung, aber etwas in ihnen hatte die Kraft, eine außerordentliche Beklemmung auszulösen, deren Auswirkungen sich allmählich im Magen konzentrierten. Sie dachte, wenn es ihr gelänge, sich zu übergeben, würde es ihr besser gehen, aber weil sie sich schwindlig fühlte und zu stürzen fürchtete, konnte sie nicht aufstehen. Schließlich, als die Beklemmung schon unerträglich war, setzte sie sich auf und stellte die Füße auf den Boden. Nun bemerkte sie, daß sie zuwenig Luft bekam, und der Schweiß brach ihr aus, während gleichzeitig ihre Glieder weich wurden; einen Augenblick später verlor sie die Angst und unmittelbar darauf die Besinnung und fiel seitlich auf das Bett zurück, die Füße außerhalb, beinahe den Boden berührend. Zuvor hatte sie noch eine oder zwei Sekunden absoluten Glücks verspürt, denn sie glaubte das Telefon klingeln zu hören, aber sie kümmerte sich nicht darum, da sie schon dabei war, ins Vergessen zu sinken.
Eine halbe Stunde später erwachte sie wieder, zitternd vor Kälte, aber erholt von der Ohnmacht. Sie deckte sich mit der Bett- und der Überdecke zu und zündete sich eine Zigarette an, um zu sehen, ob sie sie vertrüge, und stellte befriedigt fest, daß sie ihr gut schmeckte. Der Schweiß war kalt geworden, und mit Lust dachte sie an ein heißes Vollbad. Das Unwohlsein im Magen war noch am selben Ort, wenn auch deutlich schwächer. Vielleicht hat die Kolik die Därme nicht völlig gereinigt, sagte sie sich.

Am Mittag stand sie auf und brachte flüchtig die Wohnung in Ordnung. Ihr Mann pflegte auswärts zu essen, und die Putzfrau kam nur zweimal wöchentlich. Sie hatte einen freien Tag vor sich und beschloß, aus dem Haus zu gehen, um richtig atmen zu können, da sie noch immer das Gefühl hatte, zuwenig Luft zu bekommen. Aber die Vorfreude auf ein Bad hatte sich verloren, und beim Anziehen fühlte sie sich schmutzig. Bevor sie ging, drehte sie sich einen Joint, falls sie auf der Straße Lust bekäme, ihn zu rauchen.
Es hatte aufgehört zu regnen, aber die Wolken hatten sich nicht verzogen. Der Tag war düster und rein, und es war angenehm, die feuchte Luft einzuatmen. Aufs Geratewohl spazierte sie Richtung Francisco Silvela und stellte dabei fest, daß die Beine ihren Dienst relativ gut taten. Ohne Begeisterung blieb sie vor zwei, drei Schaufenstern stehen, und plötzlich verspürte sie Hunger. Als sie an eines ihrer Lieblingsgerichte dachte, merkte sie, wie die Erinnerung daran in ihrem Magen etwas in Gang setzte. Die Vorstellung zu essen machte sie bis zu einem gewissen Grad glücklich, so daß sie in eine einladend aussehende Cafeteria trat, wo sie sich an der Theke auf einen Hocker setzte und ein Tellergericht und ein Bier bestellte. Sie hatte großen Durst, und der erste, schaumige Schluck löste einen wohligen Schauer in ihr aus. Hinter der Theke hing ein Spiegel, der ihr zeigte, daß sie mit etwas unordentlichem Haar von zu Hause weggegangen war und ohne sich nachzuschminken. Zusammen mit den Haaren am linken Bein und der fehlenden Dusche ergab sich daraus das Bild eines ziemlich schmutzigen Körpers,

aber der Gedanke machte sie lächeln, denn die Leute in der Cafeteria wußten nicht um diese Details, und sie war gut angezogen, so daß niemand etwas von ihrem hygienischen Zustand ahnen konnte. Das war ein Geheimnis zwischen dem Spiegel und ihr. Die Cafeteria war mit einer Hintergrundmusikanlage ausgestattet, aus der während des Nachtischs ein Beatles-Song erklang, den Elena im Kopf übersetzte. Picture yourself in a boat on a river with tangerine trees and marmelade skies. Somebody calls you, you answer quite slowly... Cellophane flowers of yellow and green towering over your head ... Newspaper taxis appear on the shore waiting to take you away...

Das Lied versetzte sie in gute Laune, und der Kaffee gab ihr eine Art körperliche Kraft zurück, die sie schon vergessen hatte. Als sie jedoch auf die Straße trat und die Passanten beobachtete und die Ampeln ansah und dem schwerfälligen Autoverkehr zuschaute, spürte sie erneut, daß es sich um eine zum Tode verurteilte Wirklichkeit handelte. Sie zündete den Joint an und ging die María de Molina zur Castellana hinunter. Allmählich bündelte das Haschisch seine Wirkung auf der Stirn; sie stellte sich vor, es sei eine Stirn aus Glas, durch die man eine Hirnmasse in Grün- und Gelbtönen betrachten könnte, welche sich unmerklich zu Braun und Schwarz entwickelten. Im Geist wiederholte sie eine Strophe des Beatles-Songs (picture yourself on a train in a station with plasticine porters with looking glass ties. Suddenly someone is there at the turnstile ...), aber die Kraft von zuvor war bereits einem Unwohlsein gewichen, das sich zunehmend in den hohlräumigen Organen ihres Körpers konzentrierte, vor allem im Magen. Etwas wie Übelkeit stieg in ihr auf, das sie einer Magenverstimmung zuschrieb. Sie dachte, wenn es ihr gelänge, sich zu übergeben oder die Därme zu entleeren, würde sie die vorherige Spannkraft wiedergewinnen, aber sie sah kein Café in der Nähe. So bog sie in eine Seitenstraße ein und kam zu einem Kindergarten; die Tür war offen, und sie ging hinein. Dabei kam sie an einigen Erwachsenen vorbei, die sie sicherlich für die Mutter eines Kindes hielten und nichts sagten, obwohl sie sie etwas befremdet anschauten. Schließlich, als sie schon ohnmächtig zu werden glaubte, fand sie die Tür zu den Toiletten und stürzte in eine der Kabinen. Die WC-Schüssel war sehr klein und hatte keinen Deckel. Elena setzte sich, den Nacken an die Wand gelehnt, und ein Schwindelgefühl überfiel sie, ohne daß sie ohnmächtig wurde. Sowie sie sich wieder etwas besser fühlte, gelang es ihr, den Rock zu heben und Strumpfhose und Slip herunterzuziehen. Ich hab's geschafft, dachte sie, ich hab's geschafft. Aber die Därme schienen nicht bereit zu arbeiten, so daß die beklemmende Kugel nicht zum Ausgang wollte, sosehr sich Elena anstrengte, sie aus ihrem Körper auszustoßen. Sie dachte daran, sich zu übergeben, stellte sich aber vor, daß sie die Besinnung verlöre, wenn sie ihre Haltung änderte. Währenddessen begann ihr eine Reihe unzusammenhängender Bilder durch den Kopf zu kreisen – das unenthaarte Bein, die nassen Straßen, eine kaputte Ampel, ein Plastilinminister, ein Marmeladefluß mit Karamelbooten, die in ein gelbgrünes Cellophan gehüllte Leiche ihrer

Mutter... Die Abfolge der Bilder erreichte sogleich eine rasende Kadenz, die Elena mit offenen Augen und in die Schenkel gekrallten Nägeln erduldete. Eine Hitzewelle, vergleichbar denen, die ihren Ohnmachten vorauszugehen pflegten, stieg ihr vom Bauch zum Gesicht empor, wo sie sich in Schweiß auflöste. Als sie gerade die Besinnung verlieren wollte, nahm die Geschwindigkeit ab. Elena öffnete den Mund, um soviel Atem wie möglich zu holen, während sie sich sagte: Endlich, es ist vorüber, das war der Wahnsinn, und er ist vorüber.
Auf einmal war draußen Kindergeschrei zu hören, und sie schloß daraus, daß die Kinder aus der Stunde entlassen worden waren. Tatsächlich wurde sogleich an die Tür der Kabine gepoltert, in die Elena sich geflüchtet hatte. Da die Tür nicht bis zum Boden reichte, zog sie soweit als möglich die Füße zurück und hielt den Atem an, während sie herauszufinden versuchte, ob das, was ihr da geschah, in eine schreckliche oder in eine komische Szene gehörte. Aber sie hatte keine Zeit zu entscheiden, denn der Wahnsinn, der an die Geschwindigkeit der Bilder geknüpft war, kam erneut in ihren Kopf. Sie hielt den Atem an und konzentrierte ihre ganze Energie auf denjenigen Teil des Bauches, wo sie die beklemmende Kugel zu spüren glaubte, brachte sie jedoch nicht vom Fleck. Als sie die Augen wieder aufmachte, sah sie durch den Spalt zwischen Tür und Boden einen Mädchenkopf hereinschauen. Bevor die Augen des Mädchens wieder verschwanden, blickten sie sich einige Sekunden an. Dann hörte sie schreien: Da drin ist eine Frau mit ganz weißem Ge-

sicht. Nun stand sie auf, öffnete die Tür und wollte hinaus, aber die um die Knöchel gerollte Strumpfhose ließ sie das Gleichgewicht verlieren. Im Stürzen war sie, kurz bevor sie die Besinnung verlor, sehr glücklich, als sie spürte, daß sie die Verantwortung für das Funktionieren ihres Körpers in die Hände anderer gelegt hatte.

Schweißgebadet kam sie sogleich wieder zu sich. Der Wahnsinn hatte sich zurückgezogen, und die Beklemmung war verschwunden oder hatte sich in die Säfte aufgelöst, die ihr die Stirn näßten. Sie sagte, wer sie war, bat um Entschuldigung und versicherte, sie habe sich den Magen verdorben und nicht gewußt, wohin ...

»Zum Glück sind Sie gut angezogen«, wurde ihr gesagt, »sonst hätten wir die Polizei geholt – es geschieht so manches ...«

Man gab ihr einen Kamillentee und bestellte ein Taxi, das in fünf Minuten da war. Draußen regnete es wieder, oder die Feuchtigkeit war so intensiv, daß sie dieselbe Wirkung hatte wie Regen. Elena fühlte sich leicht, sogar etwas optimistisch, wie immer nach ihren Ohnmachten. Jedenfalls legte sie sich zu Hause hin und schlief, bis Enrique von der Arbeit kam.

»Ist etwas mit dir?« fragte er.

»Wieder diese Schmerzen.«

»Warum gehst du nicht zum Arzt?« insistierte er mit geduldiger Miene.

»Ich bin schon zu sämtlichen Ärzten gegangen, und alle haben mir gesagt, daß mir nichts fehlt«, antwortete sie gereizt.

Enrique beschloß, nicht weiter in sie zu dringen, und teilte ihr nur noch mit, wegen der Arbeit werde er übers Wochenende weg sein.
»Seit wann arbeitet ihr an den Wochenenden?«
»Es geht um eine Verkaufstagung, und so was wird immer an Feiertagen gemacht.«
In Elena keimte der Verdacht auf, es gehe um etwas anderes, und plötzlich machte sie der Gedanke, Enrique könnte sie betrügen, wütend, aber sie sagte nichts. Einen großen Teil der Nacht lag sie wach und entwikkelte einen Plan, der ihr half, am andern Tag das Bett zu verlassen. Da dieser Tag Freitag war, mußte sie ziemlich rasch handeln. So suchte sie nach dem Frühstück das nächste Postamt auf und mietete ein Schließfach. Dann ging sie nach Hause zurück, gab der Putzfrau ein paar Anweisungen und schloß sich mit dem Telefonbuch in ihrem Zimmer ein. Aufs Geratewohl suchte sie ein Detektivbüro aus, und nachdem sie im Geist noch einmal das in der Nacht ersonnene Szenario durchgegangen hatte, rief sie an.
»Guten Tag«, sagte sie, »ich möchte mit dem Leiter sprechen.«
»Am Apparat«, antwortete eine männliche Stimme am andern Ende.
Sie wollte schon wieder einhängen, denn der Ausdruck »Am Apparat« gefiel ihr nicht; außerdem hatte gleich er den Hörer abgehoben und nicht eine Sekretärin, was sie befürchten ließ, es sei nur eine unbedeutende Agentur. Doch dann beschloß sie weiterzumachen.
»Nun, es handelt sich darum, Sie mit einer etwas heik-

len und sicherlich ein wenig atypischen Ermittlung zu beauftragen.«
»Weshalb atypisch?« fragte die Stimme am andern Ende.
»Weil Sie die Person nicht kennen dürfen, die die Ermittlung in Auftrag gibt. Ich bin die Sekretärin Ihres Kunden, eines in Finanz- und Politikerkreisen sehr bekannten Mannes, der wünscht, daß sein Name aus dieser ganzen Sache draußen bleibt.«
Elena erklärte ihm den Charakter der Ermittlung und gab ihm die Personalien ihres Mannes mit dem Hinweis, es sei ein detaillierter Bericht zu erstellen über alles, was diese Person während des kommenden Wochenendes unternehme. Der Leiter des Büros schien sich alles aufzuschreiben, beharrte aber darauf, es wäre zweckmäßig, den Kunden zu kennen. Elena antwortete scharf:
»Ich hab' Ihnen eben gesagt, das ist nicht möglich. Wir werden durch das Postschließfach, das ich Ihnen bezeichnet habe, miteinander in Verbindung stehen. Dort werden Sie Ihre Berichte hinschicken. Was das Honorar betrifft, so wird es auf die Kontonummer und die Bank eingezahlt werden, die Sie mir angeben.«
»Es wird eine Sicherheit nötig sein.«
»Gleich morgen zahle ich auf dieses Konto den Betrag ein, den Sie für angemessen halten.«
Die finanzielle Sicherheit zerstreute schließlich die Bedenken des Büroleiters, der sich verpflichtete, den Bericht noch am Montag zu schicken. Als sie einhängte, spürte Elena, daß sie eben ein wichtiges belebendes

Element in ihr Dasein eingeführt hatte, und das half ihr, die Begebenheit vom Vortag in die unbewohnteste Ecke ihres Gedächtnisses zu verbannen. Auf jeden Fall beschloß sie, außerhalb der Wohnung nicht wieder Haschisch zu rauchen. In dieser Nacht schlief sie gut, so daß sie ziemlich ausgeruht erwachte. Am Mittag, als sie die Wohnung verließ, um die vom Büro verlangte Zahlung zu leisten, hatte sie noch kein Unwohlsein verspürt, außer einer drückenden Gasansammlung in der Höhe des Zwölffingerdarms.

DREI

Am Sonntag stand Elena mit schlechtem Mundgeruch und Sodbrennen auf, das sie dem Umstand zuschrieb, am Vorabend während eines vom Haschisch hervorgerufenen Hungeranfalls reichlich Honig gelöffelt zu haben. Sie ließ ein Bad einlaufen, in das sie lustlos hineinstieg, und dachte flüchtig daran, sich das linke Bein zu enthaaren, doch da sie mit Juan und Mercedes, ihren Geschwistern, in der Wohnung ihrer Mutter verabredet war, vermutete sie, zu spät zu kommen, wenn sie sich ausgiebig ihrer Körperpflege widmete. Sie zog Jeans und einen alten Pullover an und darüber einen Regenmantel ihres Mannes, der ihr ganz besonders gefiel. Es regnete nicht, aber der Himmel war noch immer bedeckt, und an den Hausfassaden zeigten sich große Feuchtigkeitsflecke. Sie fuhr ohne Eile, um die Begegnung hinauszuzögern, und bog von der weiter abgelegenen Seite ins Viertel ein, wo sie sich im schadhaften Zustand der Gehwege, die die Landschaft ihrer Jugend gebildet hatten, wiedererkennen konnte.
Als sie in der Wohnung ihrer Mutter eintraf, waren ihre Geschwister bereits dort und warteten auf sie. Mercedes weinte auf dem Sofa im Wohnzimmer, und Juan strich ihr mechanisch über die Haare.
»Was ist denn?« fragte Elena.
»Es hat ihr zugesetzt hierherzukommen«, antwortete Juan.
Die Wohnung war so düster wie der Tag. Die Anordnung der Gegenstände und Möbel beschwor die Ge-

genwart der Mutter herauf – oder die Erinnerung an sie. Nur gerade eine dickere Staubschicht auf den dunkleren Stellen der Möbel und auf dem Fernsehbildschirm weckte den Eindruck von Verwahrlosung.

»Es riecht nach Muff«, sagte Elena.

»Es riecht nach Tod«, fügte ihre Schwester schluchzend hinzu.

»Mama ist im Krankenhaus gestorben.«

»Egal, es riecht nach Tod.«

Elena trat zur Balkontür und machte sie auf, konnte aber nicht feststellen, daß die Luft in der Wohnung dadurch besser geworden wäre, ja sie hatte sogar das Gefühl, die Leichenatmosphäre auf den Straßen sei die verdünnte Ausdünstung des Todes, die man drinnen einatmete. Es hatte wieder zu regnen begonnen, aber das Wasser fiel als trüber Nebel auf die Dächer, wie eine Gaze, die zuvor auf einen sterbenden Körper gelegt worden war.

Elena ging in die Küche und entdeckte dort vor sich hinfaulende Speisereste, die sie angeekelt in eine Plastiktüte steckte. Jemand hatte zwar daran gedacht, den Hauptschalter für das Licht auszudrehen, als ihre Mutter ins Krankenhaus gebracht wurde, aber es war ihm nicht in den Sinn gekommen, nachzuschauen, ob sich etwas im Kühlschrank befand. Sie machte auch das Küchenfenster auf, so daß ein feuchter Luftzug hereindrang, der sie erschauern ließ. Dann ging sie ins Wohnzimmer zurück.

»Es waren noch Lebensmittel im Kühlschrank«, sagte sie.

»Würde ich nicht in Barcelona wohnen, ich wäre ir-

gendwann mal hergekommen, um sauberzumachen«, antwortete ihre Schwester vorwurfsvoll.
Juan und Elena wechselten einen verständnisinnigen Blick, sagten aber nichts. Die drei saßen in der halbkreisförmigen Sitzgruppe gegenüber dem Fernseher. Elena betrachtete ihre Schwester, die ihr die rechte Gesichtshälfte im Profil zeigte, und hatte den Eindruck, etwas sehr Altes anzuschauen. Dann ließ sie den Blick über die Oberfläche der dunkel getönten, verschnörkelten Möbel gleiten und registrierte an ihnen eine verschwommene Trübheit, hinter der sich ein Argwohn versteckte. In ihren Därmen nahm sie eine Bewegung wahr, aber die Vorstellung, in dieser Wohnung das Bad zu benutzen, stieß sie ab. Sie waren gekommen, die Wohnung auszuräumen und die Einrichtungsgegenstände zu sichten, blieben jedoch sitzen, als warteten sie auf eine Entscheidung, die sich ihrem Willen entzog.
Plötzlich begann Juan ebenfalls zu weinen, und Mercedes rückte zu ihm hin, um ihn zu trösten oder seine Hilflosigkeit noch zu vergrößern. Elena schaute der Szene kühl zu und befand sie für zu stereotyp, um sich ihr ebenfalls anzuschließen. Im selben Wohnzimmer, zwischen genau diesen Möbeln und in ähnlicher Atmosphäre, waren die drei Geschwister Kinder und Halbwüchsige und junge Leute gewesen, sie die älteste und Juan der kleinste, aber jetzt hatten sie alle irgendwie dasselbe Alter; die Reife beseitigt diese Nuancen, und der Tod hebt schließlich die Gegensätze ganz auf. Genauso, wie wir waren, dachte sie, durchdrungen von dieser unterschwelligen Zärtlichkeit, die wir uns

nie zu zeigen getrauten, oder vielleicht doch, wenigstens wenn wir bedenken, daß der Haß ein Element der Liebe ist, vielleicht sogar das aktivste.
Sie trat auf den Gang hinaus und schaute ins Schlafzimmer ihrer Mutter. Sie machte Licht, da die Jalousie noch heruntergelassen war, und betrachtete die Umrisse der Dinge, wie in der Erwartung, daß aus dieser Betrachtung ein Gedanke entstünde, eine Vorstellung, ein Urteil, das den Sinn des Lebens zusammenfassen würde oder vielleicht seine Richtung, seinen Kurs, gesetzt den Fall, es habe einen andern als den auf den Friedhof, aber es geschah nichts, ausgenommen eine Bewegung in ihren Därmen, die die Beklemmung um einige Zentimeter verlagerte. Sie trat zu dem alten dreiteiligen Schrank – sozusagen der Bauch der Wohnung - und öffnete die mittlere Tür; der Innenraum besaß eine eigene Dunkelheit, anders als die übrigen Dunkelheiten des Lebens, und verströmte einen starken Geruch, der sich im Lauf der Jahre nicht verändert hatte – wie ein Brunnen, dessen Wasser an irgendeiner Fäulnis oder Krankheit litt.
Elena dachte, wenn sie einen Stein in dieses Möbelstück hineinwürfe, würde sie kein Aufschlagsgeräusch zu hören bekommen, so tief schien die Finsternis. Als sie jedoch die Hand ausstreckte, um über eins der Kleidungsstücke zu streichen, die die Dunkelheit unterteilten, hörte sie, wie etwas umstürzte. Sie schaute auf den Boden des Schranks und sah etwas, das sich als halbleere Kognakflasche herausstellte. Zuerst wollte sie sie verstecken, damit die andern sie nicht sähen, doch rasch stellte sie fest, daß noch weitere Flaschen

da standen, alle mit billigem Kognak, die die Geschwister über kurz oder lang entdecken würden. Also ließ sie sie, wo sie war.
Auf dem Nachttisch lagen Andachtsbücher und ein silberner Rosenkranz mit einem übertrieben gepeinigten Christus. Sie öffnete die Schublade und entdeckte ein Bündel dünner, gehefteter Kladden. Sie schlug die erste auf, setzte sich auf den Bettrand und betrachtete die Kalligraphie ihrer Mutter. Dann las sie das erste Blatt:

Ich beginne diese Seiten, von denen ich noch nicht weiß, wie ich sie nennen soll oder wohin sie mich führen werden, kurz vor meinem dreiundvierzigsten Geburtstag. Derzeit erhole ich mich von einer Bronchitis, die mich etwas zerrüttet hat und deren Folgen, wie ich fürchte, noch nicht ausgestanden sind. Meinem Mann und auch dem Arzt habe ich nichts gesagt, aber hier, neben der rechten Lunge, spüre ich an einer Stelle Schmerzen, die die Mittel noch nicht weggebracht haben. Ich fürchte, es ist der Keim von etwas, was man noch nicht sehen, nicht einmal bekämpfen kann, und hoffe, es möge sich nur langsam entwickeln, so daß ich meine Kinder noch verheiratet sehen und ein wenig die Enkel genießen kann, so Gott sie mir geben will.
Jedenfalls ist etwas Geisterhaftes um meine Beschwerden, will sagen, ich empfinde die Krankheit wie ein Gespenst, das durch meinen Körper zieht und launisch am einen oder andern Ort auftaucht, je nach der Stunde, zu der ich wach werde. Heute beispielsweise bin ich im Morgengrauen mit einem heftigen Stechen

im Hals aufgewacht, auf der linken Seite. Ich habe einige von den Tabletten gegen Rachenentzündung genommen und bin wieder eingeschlafen. Aber am Morgen hatte ich dasselbe Stechen in der rechten Lunge. Was für ein Leben.

Elena hörte vom Wohnzimmer her ein Geräusch und klappte das Heft zu. Sie war außer Atem und keuchte, als hätte sie etwas Schreckliches oder etwas Unwahrscheinliches, aber für den Verlauf ihres eigenen Schicksals Entscheidendes miterlebt. Nachdem sie sich vergewissert hatte, daß niemand kam, nahm sie die Hefte und verbarg sie unter dem Pullover, vom Hosenbund eng an den Körper gedrückt. Dann ging sie ins Wohnzimmer zurück und stellte fest, daß ihre Geschwister den Raum verlassen hatten. Sie ergriff ihre auf einem Stuhl liegengelassene Tasche und verwahrte die Hefte darin. Danach trat sie auf den Balkon, denn sie hatte ganz unmäßig zu schwitzen begonnen, und blieb so lange dort, bis sie eine belebende Kälte im Oberkörper konstatierte. Wieder im Zimmer, half sie ihrer Schwester, ein paar Decken zusammenzulegen; anschließend ging sie ins Bad und schob den Riegel vor. Sie dachte, wenn sie den Darm erleichtern könnte, würde sie sich besser fühlen, doch sie war nicht in der Lage, sich aufs WC zu setzen. Sie öffnete das Metallschränkchen über dem Waschbecken und sah, daß es mit Arzneimitteln vollgestopft war, hauptsächlich Anxiolytika. Das Badezimmer hatte kein Fenster, so daß sogleich ein Erstickungsgefühl in ihr aufstieg, das sie auf den Gang zurücktrieb. Ihr Bruder

war dabei, das ehemalige Bett ihrer Eltern zu demontieren.
»Willst du das Bett mitnehmen?« fragte sie.
»Solche gibt es keine mehr«, antwortete Juan ausweichend.
Kurz danach trafen sich die drei wieder im Wohnzimmer. Sie wirkten mutlos, als hätten sie sich eine allzu große Aufgabe vorgenommen. Mercedes ergriff das Wort:
»Ich glaube, damit kommen wir nie an ein Ende. Ich schlage vor, jeder nimmt sich, was er will (wenn zwei dasselbe wollen, wird verlost), und dann rufen wir einen Lumpensammler an, damit er alles übrige wegschafft.«
Der Ton ihrer Worte war unbegreiflich gefühllos, aber so war Mercedes immer, wenn sie mit ihren praktischen Fähigkeiten aufwartete. Trotzdem verspürte Elena erstmals eine Regung, bei der ihr die Tränen gekommen wären, hätte sie mit den Gesichtsmuskeln nicht drei, vier heftige Bewegungen gemacht. Plötzlich hatte es sie geschmerzt, daß alles, was da vorhanden war – einschließlich ihrer Jugend –, nur noch einen Altwarenhändler interessieren konnte.
»Einverstanden«, sagte sie, »du und Juan, ihr könnt alles untereinander aufteilen. Ich will nichts und betrete diese Wohnung lieber nicht noch einmal.«
Mercedes schaute sie mißbilligend an, machte aber nicht die geringsten Anstalten, sie zurückzuhalten. Ihr Bruder begleitete sie zur Tür und strich ihr zärtlich übers Gesicht, bevor sie ging. Auf der Straße mußte sie sich sehr anstrengen, bis ihr wieder einfiel, wo sie den

Wagen geparkt hatte. Endlich fand sie ihn und stieg ziemlich gehetzt ein, um einem Unwohlsein entgegenzuwirken. Ihre Haare waren naß von der feinen Regenwolke, die die Stadt einhüllte, und trotz der nicht sehr hohen Temperatur hatte sie das Gefühl, beinahe zu ersticken. Sie stützte sich mit beiden Händen aufs Lenkrad und atmete dreimal tief durch.
Dann zog sie, noch ohne den Motor angelassen zu haben, eins der Hefte aus der Tasche, schlug aufs Geratewohl eine Seite auf und las:

Einige Menschen schlagen die Augen noch vor dem Wachwerden auf, als erwarte sie der Tag mit einem Schrecken. Ich nicht; zuerst denke ich darüber nach, wer ich bin, definiere mich sozusagen, und dann hebe ich die Lider, ganz genau wissend, was meine Augen sehen werden. Heute habe ich beim Aufwachen keinerlei Symptom gespürt. Im Gegenteil, ich hatte den Eindruck, von einer unbegreiflichen körperlichen Kraft erfüllt zu sein. Lange blieb ich mit offenen Augen liegen und wanderte meine Eingeweide ab, die gar nicht zu existieren schienen, so ruhig verhielten sie sich. Ich dachte, vielleicht sei ich nicht ich, und getraute mich nicht, die Lider zu heben, weil ich Angst hatte, gegenüber dem Bett einen andern als meinen Schrank zu erblicken. Aber letztlich ist man immer dieselbe, so daß ich, als ich mich aufrichtete, rechts einen Schmerz spürte und den ganzen Tag seltsame Beschwerden hatte, von denen ich nicht weiß, welchem Organ ich sie zuschreiben soll. Mein Mann hat sich erkältet und wird uns noch alle anstecken.

Elena klappte das Heft zu und betrachtete die Straße. Die vorsichtigen Passanten trugen Schirme, aber nicht alle hatten sie geöffnet. Sie keuchte ein wenig, als müßte sie sich von einer körperlichen Anstrengung erholen. Dann führte sie die rechte Hand an den Zündschlüssel, zog sie aber sogleich wieder zurück. Erneut griff sie nach dem Heft, schlug es auf der letzten Seite auf und las:

Ein Körper ist tatsächlich wie ein Stadtviertel: Er hat sein Geschäftszentrum, seine Hauptstraßen und eine unregelmäßige Peripherie, an der er wächst oder endet. Ich bin nicht von hier, stamme nicht aus dieser Madrid genannten Stadt, der Landeshauptstadt, sondern bin durch die Geschicke des Lebens an diesem Ort gelandet, und nach und nach habe ich aufgehört, von dort zu sein, woher ich kam, von einem Flecken mit Meer und viel Sonne, den ich nicht benennen möchte, da ich im Laufe meines Lebens, ich weiß nicht wann, aufgehört habe, von dort zu sein. Jedenfalls bin ich in dieses heruntergekommene Viertel gelangt, das eine ähnliche Form hat wie mein Körper und eine vergleichbare Krankheit, denn täglich, wenn man hindurchgeht, sieht man seinen Schmerz an einem andern Ort. Meine Zehennägel sind die Peripherie meines Viertels; deshalb sind sie kaputt und unförmig. Und meine Knöchel sind eine weitere sehr schwache Stelle dieses Fleischviertels, das ich bin und wo Wesen nisten, die vor irgendeinem Krieg, irgendeiner Zerstörung, irgendeinem Hunger geflohen sind. Und meine Arme sind zerquetschte Häuser und meine Augen kaputte Gaslampen. Mein Hals gleicht einem Gäßchen, das zwei verlassene Gebiete miteinander verbindet. Meine Haare sind der pflanzliche Teil dieser Gesamtheit, aber bereits muß man sie färben, um ihren Verfall zu verbergen. Und zu guter Letzt habe ich auch noch eine Mülldeponie, von der ich nicht sprechen möchte, aber wie in allen zugrunde gerichteten Vierteln kommt die Schweinerei allmählich immer näher ans Zentrum heran, und überall trifft man schon auf Apfelsinenschalen. In meinem Körper kann man nicht einmal herumspazieren, so schmutzig ist er, und die Stadtverwaltung unternimmt nichts, um ihn wieder in Ordnung zu bringen.

Ziemlich abrupt klappte Elena das Heft zu und steckte es wieder in die Tasche. Der Alkohol, sagte sie, oder die Tabletten. Dann, als faßte sie einen bedeutungsvollen Entschluß, startete sie den Wagen und floh auf der am wenigsten schmutzigen Seite aus dem Viertel.
Als sie nach Hause kam, war sie auf eine unangenehme Art erregt. Ohne den Regenmantel auszuziehen, setzte sie sich ins Wohnzimmer und betrachtete die Hefte; obwohl von eins bis sechs numeriert, waren es nur fünf. Sie stellte fest, daß dasjenige mit der Nummer drei fehlte, und fürchtete, es übersehen zu haben – der Gedanke, ihre Geschwister könnten es finden, war ihr lästig. Sie nahm die Nummer vier und las die ersten Zeilen:

Ich habe das vorangegangene Heft vernichtet, weil ich darin zuviel von den Kindern sprach. Von den Kindern wissen wir nicht, was sagen, denn sie sind gleichzeitig gut und schlecht, und ich habe festgestellt, daß man sie nur dann liebhat, wenn sie der Vorstellung entsprechen, die man sich von ihnen macht. Außerdem sind Kinder ein von deinem Körper abgetrennter Teil, und das ist, selbst wenn wir daran gewöhnt sind, sehr seltsam. Kinder sind wie aus einem andern Viertel, sogar wenn sie sich in diesem hier befinden. Ich habe bei der Niederkunft von allen dreien sehr gelitten, und von den Geburten sind mir Folgeerscheinungen geblieben. Jetzt habe ich ein Buch von einem jugoslawischen Arzt, der in alphabetischer Folge von den Krankheiten und ihren Heilmitteln spricht. Daher weiß ich, daß meine Gebärmutter wegen einer Art Erschlaffung der Bänder, an denen sie befestigt ist, herunterhängt. Das hat zur Folge, daß sie auf die Scheide drückt und dabei die Blase in Mitleidenschaft zieht. Deshalb entweicht mir beim Husten oder bei lautem Lachen unfreiwillig etwas Urin, und deshalb lebe ich auch mit diesem Gefühl, etwas in mir drin habe den Ort gewechselt. Laut dem jugoslawischen Arzt heißt diese Krankheit Gebärmuttervorfall. Die schwierigste Geburt war diejenige Elenas, die mir auch am meisten Verdruß bereitet. Mein Mann sagt, wir würden soviel streiten, weil wir den gleichen Charakter haben. Ich aber meine, daß dieses Tagebuch, oder was es auch sein mag, nicht dazu da ist, von den Kindern zu reden. Die Kinder liebe und umsorge ich, aber als Gesprächsthema ist mir die Bauchspeicheldrüse lieber.

Elena schloß das Heft. Sie fühlte sich verwirrt, als hätte sie sich noch nicht entscheiden können, ob der Fund ein Schatz oder ein Unrat sei. Jedenfalls handelte es sich um etwas zutiefst mit ihrem Leben Verknüpftes, als verberge sich hinter der Kalligraphie ihrer Mutter oder den Gesprächen, die sie mit ihren Eingeweiden führte, eine nur ihr verständliche Warnung, die ihre Zukunft zu meinen schien.

Sie aß einen Fruchtsalat, in der Hoffnung, eine solche Diät würde ihr helfen, den Darm zu reinigen, wo anscheinend etwas Massives festsaß, das launisch seinen Ort wechselte, sich aber dagegen wehrte, aus ihrem Körper ausgestoßen zu werden. Danach rauchte sie einen Joint und legte sich hin. Bevor sie einschlief, hatte sie eine Traumvorstellung: Sie spazierte einen menschenleeren Strand am Wasser entlang; plötzlich kam eine Frau, die sie nicht wahrgenommen hatte, auf sie zu und ging durch sie hindurch, indem sie ihren Körper durchdrang wie ein Engel eine Wand. Die Frau spazierte weiter und durchquerte einen Felsen. Dann legte sie sich in den Sand, wie jemand, der sich an der Sonne bräunen will, und verschwand nach und nach, aufgesaugt wie das Wasser am Ufer. Elena ging auf den Ort des Geschehens zu, aber in diesem Augenblick wurde ihr ganzes Gedärm erschüttert, und sie spürte, daß ihr gleich übel würde. Da streckte sie den rechten Fuß aus dem Bett und stellte ihn auf den Boden, wie sie gehört hatte, daß Betrunkene es machten, um nicht sämtliche Bezugspunkte zu verlieren. Die Berührung mit dem kalten Boden schwächte das Unwohlsein ab, und kurz danach schlief sie ein.

Um halb sieben wurde sie von der Türklingel geweckt. Benommen stand sie auf, zog sich den Morgenrock über und ging durch die Wohnung, während sie sich von den dunklen Spuren befreite, die ihr der Schlaf ins Gesicht und auf den ganzen Körper geheftet hatte. Es war ihr Bruder; er sah verschwitzt und glücklich aus und sagte:

»Schau, was ich dir mitgebracht habe.«

Neben ihm standen ein alter, aber solider lederbezogener Lehnsessel und eine Pendeluhr von den Ausmaßen eines Kindersarges.

»Es hat mich ziemliche Mühe gekostet, alles vom Wagen hier heraufzuschleppen, aber du konntest doch nicht leer ausgehen.«

Der Sessel hatte ihrer Mutter gehört – ein kostbares, ein bewohntes Stück. Früher war er Elenas Lieblingsplatz gewesen, um den sie sich mit ihrer Mutter gestritten hatte, wenn sie fernsehen oder lesen wollte. Was die Uhr betraf, so hatte sie seit Menschengedenken der Familie gehört, und ihr Wert bestand darin, daß sie trotz ihres Alters noch funktionierte.

»Ich hab'euch doch gesagt, daß ich nichts will«, antwortete Elena mit dankbarer Miene, die ihre Behauptung Lügen strafte.

Ihr Bruder machte sich daran, die Uhr im Wohnzimmer an einen angemessenen Ort zu hängen, und stellte dann den Sessel darunter, damit die beiden Stücke zueinander wieder in ähnlicher Beziehung stünden wie in der Wohnung ihrer Mutter.

»Und dein Mann?« fragte Juan, während er die Wirkung seines Werks studierte.

»Hatte eine Verkaufstagung oder so was; er kommt erst morgen zurück.«
»Geht alles gut?« hakte er nach.
»Ich mach' uns einen Kaffee.«
Ihr Bruder blieb noch eine Weile in der Wohnung, aber beider Versuche, sich einander mitzuteilen, waren erfolglos. Es war, als hätten sie vor sehr langer Zeit dasselbe Vaterland gehabt, als hätte sie das Leben dann aber auseinandergetrieben und dazu gezwungen, fremde Mienen, Haltungen oder Traditionen anzunehmen, die sie zu andern gemacht hatten, ohne daß sie deswegen die Erinnerung an das, was sie gewesen waren, verloren hätten. Aber diese Erinnerung war zu nichts anderem nütze, als das Bewußtsein des Verlustes zu nähren und die Unmöglichkeit zu bekräftigen, die Gewohnheiten des ersten Vaterlandes wieder anzunehmen, eines gemeinsamen Gebiets, einer eigenen Welt, wo der Austausch noch immer möglich gewesen wäre.

VIER

In der Nacht auf Montag schlief Elena schlecht. Die Glockenschläge der Pendeluhr, die die Viertel-, die halben und die vollen Stunden anzeigte, rissen sie regelmäßig aus einem oberflächlichen Schlaf. Diese Klänge riefen andere Nächte aus dem ersten Vaterland in Erinnerung, Fiebernächte, Nächte des Schmerzes, der nervösen Unruhe – durchwachte Nächte, deren Dauer die Stundenschläge bewußt gemacht hatten, welche damals, genau wie heute, durch die Wohnzimmertür drangen, sich durch den Gang fortsetzten und ins Zimmer der Schlaflosen gelangten, wo sie sie, wie ein Kilometerstein auf der Landstraße, an den Weg erinnerten, den sie bis zum Tagesanbruch noch zurückzulegen hatte.

Gegen drei Uhr früh entschloß sie sich, die Pendeluhr zum Stehen zu bringen, und ging aus dem Schlafzimmer und bis zur Tür, die vom Gang ins Wohnzimmer führte, doch sie war nicht in der Lage, sie zu öffnen, denn sie hatte Angst. So kehrte sie ins Schlafzimmer zurück, wo sie, auf dem Bettrand sitzend und die nackten Füße auf dem Boden, diese Angst analysierte. Sie dachte, wenn sie die Uhr zum Stehen brächte, würde sie damit auch etwas anderes zum Stehen bringen – vielleicht ihr eigenes Leben oder das aller Familienangehörigen. Die Geschichte eines bekannten Dichters ging ihr durch den Kopf, der Anweisung gegeben hatte, ihn mitsamt seiner vollständig aufgezogenen Uhr zu beerdigen, damit er noch weitere vierund-

zwanzig Stunden unter dem Zeitregime der Lebenden verbringen konnte. Vielleicht hatte ihre Mutter, der diese Glockenschläge so viel bedeuteten, weil sie ihr oft Gesellschaft leisteten, all das vom Jenseits aus angeordnet, damit sie, Elena, die Zeit, die Zeitmessung erbe, um sich ihr ebenfalls unterzuordnen. Die Verantwortung erschien ihr überschwer, hatte jedoch eine gewisse Logik, die wie ein Getriebe funktionierte, zumindest in diesen Nachtstunden. Sie wurde ruhiger bei der Vorstellung, die Logik würde bei Tagesanbruch in Stücke springen, so wie die Ängste der Nacht mit dem Tageslicht zersplittern.
Sie wollte sich einen Joint drehen, um den Schlaf anzulocken, stellte aber fest, daß kein Zigarettenpapier da war, weil sie es irgendwo im Wohnzimmer vergessen hatte. Wieder machte sie sich auf den Weg, und wieder hinderte sie die Angst daran, diese Tür zu öffnen. Sie spürte die Kälte an den Füßen und ging zurück, um sich Pantoffeln anzuziehen. Dann machte sie überall Licht, wo sie Schalter finden konnte, näherte sich abermals dieser gefürchteten Schwelle und drehte die Klinke so, als erwarte sie, auf Widerstand von der andern Seite zu stoßen. Doch der Griff gab ohne weiteres nach. Nun stieß sie die Tür auf, und in ihrem Blickfeld erschienen die dunklen Formen des Wohnzimmers. Um an die Lichtschalter zu kommen, mußte sie den Raum durchqueren. Sie zauderte und spürte, wie sich die Angst in ihrem Verdauungsapparat wieder verheerend auswirkte. Nun ging ihr auf, daß das, was sie am meisten fürchtete, der Anblick ihrer Mutter auf dem Sessel war, unter dem Ticktack des Pendels, das am

Sonntag, als es in Gang gesetzt wurde, die alte Ordnung, die Familiensyntax wiederhergestellt hatte, die der Sessel und die Uhr heraufbeschworen und in der ihre Mutter die Rolle der Kopula, der Verbindung gespielt hatte. Subjekt, Verb und Prädikat, rief sie, während sie in panischer Angst das Wohnzimmer durchquerte. Sie machte Licht und betrachtete den leeren, bewohnten Sessel, über dem die Uhr eine Zeit maß, die Elena gleichzeitig betraf und nicht betraf.

Der Joint hatte die Eigenschaft, sie nur noch munterer zu machen. Sie hatte ihn im Ledersessel zu Ende geraucht und sich dabei vorgestellt, so breche sie gewaltsam einen Bereich auf, in dem sich fangen zu lassen sie nicht bereit war. Ohne das Licht auszumachen, ging sie ins Schlafzimmer zurück, und als ihr klar war, daß sie nicht würde schlafen können, nahm sie das Tagebuch ihrer Mutter vom Nachttisch und versuchte zu erraten, welchen Daten die einzelnen Abschnitte zuzuordnen wären. Aber in keinem der Hefte und auf keinem ihrer Blätter erschienen Zeitangaben, außer derjenigen vom Anfang: »Ich beginne diese Seiten, von denen ich noch nicht weiß, wie ich sie nennen soll oder wohin sie mich führen werden, kurz vor meinem dreiundvierzigsten Geburtstag ... «

Elena rechnete kurz nach, wann dies wohl aufgeschrieben sein mochte und wie alt sie selbst zu diesem Zeitpunkt war, führte die Berechnung aber nicht zu Ende, als sie bemerkte, daß es da ein paar dunkle Übereinstimmungen gab. Sie dachte auch daran, die letzten Seiten des letzten Heftes zu lesen, beschloß dann aber, dies lieber bei Tageslicht zu tun. Endlich schlug sie aufs Geratewohl eines der Hefte auf und las ein Stück, das ihr den Eindruck eines geschlossenen Abschnitts machte.

Ich erinnere mich daran, wie ich schon als ganz kleines Mädchen an der Fähigkeit der Menschenwesen zweifelte, die Wahrheit zu erkennen. Und zwar, weil ich sehr lange in die Hosen machte (vielleicht bis fünf oder noch länger). Da erklärte mir mein Mutter – eine gute, aber etwas einfache Frau –, möglicherweise auf Anraten eines Arztes, das Pipi müsse durchs WC abfließen, um spazierenzugehen und etwas Luft zu schnappen, kehre danach aber wieder in meinen Körper zurück, und das lasse sich daran sehen, daß ich nach wenigen Stunden schon wieder das Bedürfnis hätte, auf die Toilette zu gehen. Ich fand das einen Unsinn, denn aus Erfahrung wußte ich, daß die Dinge, die man ins WC leerte, niemals zurückkehrten, und um das zu beweisen, warf ich einen goldenen Ring hinein, den sie sehr liebte. Wenige Tage später begann sie ihn wie verrückt zu suchen, und ich sagte ihr, sie brauche sich keine Sorgen zu machen, ich hätte ihn ins WC geworfen, und also würde er bald wieder auftauchen. Sie gab mir eine Tracht Prügel.
Aber obwohl ich die Geschichte mit der Rückkehr nicht glaubte, ließ mich die unumstößliche Tatsache, daß wir täglich mehrmals Pipi machen, doch an ihrer Richtigkeit herumrätseln. Das Pipi konnte ja mit dem WC-Wasser abfließen und auf mysteriösen Wegen wieder in meinen Körper zurückkehren. Noch heute, da ich Witwe und alt bin und all meine Kinder aus dem

Haus sind, stelle ich mir, wenn ich Pipi machen gehe, vor, diese Flüssigkeit, die ich aus meinem Körper absondere, sei dieselbe, die ich schon kurz nach meiner Geburt absonderte, eine Flüssigkeit, die sich im Laufe all dieser Jahre im Innern eines geheimnisvollen Kreislaufs bewegt hat, an den meine Blase angeschlossen ist, wie das Denken an Besessenheiten angeschlossen ist. Denn man hat zwar das Gefühl, die Besessenheiten verschwinden, aber sie kommen immer wieder in den Kopf zurück, nachdem sie durch ein Rohr geflossen sind, das wir Vergessen nennen. Jedenfalls, meine ich, richtete diese Geschichte, obwohl sie mich noch immer amüsiert und ich jedesmal an sie denke, wenn ich mich aufs WC setze, in mir mehr Schaden an als sonst etwas, indem sie mir nämlich ein Mißtrauen gegen die Menschen einflößte, von dem ich mich noch nicht befreit habe. Deshalb gelingt es mir trotz meiner religiösen Veranlagung auch nicht, ans Geheimnis der Dreifaltigkeit zu glauben. Ich denke, so geht es auch den Protestanten.
Da gibt es noch eine Geschichte, die man mir erzählte, als ich klein war; sie gefiel mir viel besser, und ich glaube noch immer an sie, obwohl ich's niemandem gesagt habe. Es geht um folgendes: Wie meine Mutter sagte, haben wir alle in unseren Antipoden ein Wesen, das uns bis aufs Haar gleicht und auf dem Erdball immer einen dem unseren ganz genau entgegengesetzten Standort einnimmt (sonst wäre es kein Antipode). Meine Mutter erzählte mir, dieses Geschöpf gehe, schlafe und leide zur selben Zeit wie wir selbst, da es unser Doppelgänger ist und immer dasselbe denkt wie

wir und zur selben Zeit. Anscheinend machten sich vor sehr langer Zeit einige Abenteurer auf die Suche nach ihrem Doppelgänger, schafften es aber nie, ihn zu sehen, weil er sich gleichzeitig mit ihnen fortbewegte, um seine entgegengesetzte Lage auf dem Erdball nicht zu verlieren, aber auch, weil der Doppelgänger dieselbe Idee gehabt und sich zur selben Zeit auf die Suche nach dem andern gemacht hatte. Diese Geschichte gab mir in meiner Kindheit das Gefühl, immer in Gesellschaft zu sein, denn wenn ich nachts Angst hatte, dachte ich an meine Antipodin, der dasselbe geschah wie mir, und ich hatte den Eindruck, wir machten uns vom einen Ende der Erde zum andern Mut. Manchmal stach ich mir aus Grausamkeit mit einer Nadel in den Finger, um sie zu ärgern, aber auch sie machte Dinge, die nicht nett waren, wie beispielsweise, als sie einmal ein neues Kleid zerriß, weil sie mit Drähten nicht achtgab, und ich mußte dann dafür büßen, indem ich fünf Tage nicht aus dem Haus durfte. Anfangs nannte ich meine Antipodin Florita, aber dann erschien mir dieser Name etwas gespreizt, und ich begann sie Elena zu nennen (wie sie mich nannte, wußte ich nicht). Deshalb gab ich auch meiner älteren Tochter diesen Namen, obwohl keine andere Frau in der Familie so geheißen hat. Ich weiß noch, wie mich mein Mann und meine Mutter und alle andern nach dem Grund für diese Entscheidung fragten, aber ich habe nie jemandem gestanden, daß das der Name meiner Antipodin war.

An manchen Abenden, wenn mir klar wird, daß ich mehr Kognak trinke, als mir gut tut, denke ich, daß das vielleicht von Elena, meiner Antipodin, ausgeht, die sich betrunken hat, weil sie den schwierigen Momenten des Lebens nicht die Stirn zu bieten weiß, wie etwa dem der Einsamkeit, die wir beide im Alter erleben müssen. Das tut mir weh, da sie sich damit zugrunde richtet; aber vielleicht bringt sie sich demnächst um und läßt damit auch mich zur Ruhe kommen.

Die letzten Zeilen hatte Elena keuchend gelesen. Sie schloß das Heft und verwahrte es zusammen mit den übrigen in der Nachttischschublade. Dann stand sie auf, ging ins Bad und versuchte sich zu übergeben, weil sie dachte, mit dem Erbrechen würde auch die Übelkeit verschwinden, aber es gelang ihr nicht. Sie war blaß. Im Korridor schritt sie auf und ab, von einem Ende zum andern, da sich manchmal beim Gehen die Auswirkungen des Haschisch verloren. Sie nahm sich vor, nicht wieder zu rauchen, denn in letzter Zeit riefen die Joints bei ihr eine merkwürdige, ja unheimliche Wirkung hervor, durch die sie mit Seiten des Lebens – ihres Lebens – verbunden wurde, von denen sie bisher keine Kenntnis gehabt hatte und die in den letzten Tagen der Krankheit ihrer Mutter, vor allem aber nach deren Tod mit Macht in Erscheinung getreten waren. Wieder spürte sie den Schweiß, der der völligen Entkräftung, dem Fall vorausging, und lief zum Schlafzimmerfenster. Sie riß es auf und steckte den Kopf hinaus. Die frische Luft und der Regen gaben ihr Kraft. Sie schwitzte nicht mehr und ging mit nassen Haaren ins Bett zurück. Dort träumte sie, sie sei ein

kleines Mädchen, spiele am Strand und grabe ganz nahe bei ihrer Mutter Löcher in den Sand. In einem der Löcher fand sie eine Münze, die für sie einen Schatz bedeutete. Erstaunt ergriff sie sie, und im Wissen, daß sie sich in einer Traumwelt befand, drückte sie sie kräftig in ihre rechte Hand und spürte ihre Festigkeit, die so außerordentlich war, daß die Münze nicht verschwinden konnte, wenn es ihr gelänge, die Faust bis zum Erwachen gut geschlossen zu halten.
Das Telefon weckte sie. Es war hell, ein Montag. Sie hatte die Nägel tief in die Handfläche gekrallt, aber es befand sich nichts darin. Sie hob den Hörer ab und vernahm am andern Ende die Stimme ihres Mannes.
»Ich bin im Büro.«
»Wann bist du zurückgekommen?« fragte sie benommen.
»Heute früh. Ich bin gar nicht erst nach Hause gefahren, weil wir hier ein Riesendurcheinander hatten.«
Elena schaute auf die Uhr – drei Uhr nachmittags. So hatte sie doch noch sehr lange geschlafen. Nachdem sie eingehängt hatte, rief sie sich den Traum wieder ins Gedächtnis und erinnerte sich daran, daß er auf eine Kindheitsepisode zurückging. Tatsächlich hatte sie in diesen fernen Jahren, als sie mit ihren Eltern im Urlaub war, einmal denselben Traum gehabt. Am folgenden Tag grub sie am Strand mehrere Löcher und fand in einem von ihnen eine Münze. Diese Episode, die die Verwirklichung eines Traums bedeutete, hatte ihr Leben bestimmt, denn im Gegensatz zu ihren Geschwistern hatte sie immer geglaubt, die Verwirklichung jedes Wunsches sei möglich.

Der Tag war wolkenlos. In diesen Stunden schien die Sonne über den Wohnzimmerbalkon herein und reduzierte die Möbel und übrigen Dinge auf ihre reine Funktion. In solchem Licht betrachtete Elena den Sessel und die Pendeluhr mit einem Anflug von Lächeln, als sie sich an die Ereignisse der Nacht erinnerte. Sie stoppte die unablässige Bewegung des Pendels aus demselben dunklen Grund nicht, aus dem sie sich auch das linke Bein nach dem Duschen nicht enthaart hatte. Eigentlich benötigte auch das rechte schon wieder eine Wachsbehandlung, aber sie verschob sie auf einen andern Moment.
Ihre üblichen Leiden spürte sie etwas weniger, und so modifizierte sie ihre nächtlichen Vorsätze in bezug auf das Haschisch: Sie wollte versuchen, weniger und vor allem nicht außer Haus zu rauchen. Es war ihr klar, daß das Haschisch sie in letzter Zeit in eine unerwünschte Stimmung versetzte, doch sie nahm an, das sei nur vorübergehend und stehe möglicherweise mit dem Tod ihrer Mutter vor wenigen Tagen in Zusammenhang, würde also mit der Zeit wieder verschwinden, wie auch vergangene Besessenheiten wieder verschwunden waren. Dabei erinnerte sie sich an den Satz aus dem Tagebuch ihrer Mutter, in dem diese sich davon überzeugte, daß die Besessenheiten immer wieder zurückkehren, und spürte eine momentane Übelkeit, gegen die sie sich entschlossen und erfolgreich zur Wehr setzte.
Gegen Abend ging sie aufs Postamt und stellte mit leicht boshafter Freude fest, daß in dem am Freitag zuvor gemieteten Schließfach ein Umschlag auf sie war-

tete. Sie zog ihn heraus und spazierte, den Brief in der Hand, ohne bestimmtes Ziel durch die Straßen, immer auf der von der Sonne beschienenen Seite. So kam sie zur Clara del Rey und trat in eine Café, wo sie Stammgast war. Sie bestellte einen Tee und riß den Umschlag auf. Der Bericht war mit Maschine geschrieben und von einem Polaroidfoto begleitet, auf dem ihr Mann zu sehen war, der Hand in Hand mit einer jungen Frau über einen Strand spazierte. Obwohl das Bild aus beträchtlicher Distanz aufgenommen war, erkannte Elena in der Frau Enriques Sekretärin. Sie lächelte überlegen und war selbst überrascht, daß dieses Foto sie weniger irritierte, als daß es ihr ein gewisses Gefühl von Erleichterung verschaffte. Gewöhnliche Geschichten pflegten ihr Kraft zu geben, denn sie stellten in der Welt eine Ordnung her, mit der sie nichts zu tun hatte, die ihr aber gleichzeitig als Bezugspunkt diente. Nachdem sie das Bild einen Moment lang angeschaut hatte, begann sie den Bericht zu lesen.

Die zu überwachende Person wurde vom Personal dieses Büros ab dem Spätnachmittag des Freitags, 26., observiert, obwohl die zur Deckung der Sicherheit bestimmte Einzahlung erst am Vormittag des Samstags, 27., erfolgte. Der Verantwortliche dieses Büros stellte also in Rechnung, daß die Banken nachmittags nicht geöffnet sind, eine Einschränkung, die zweifellos die Überweisung unmittelbar nach der telefonischen Untervertragnahme unserer Dienstleistungen verhinderte.
Um 18.00 Uhr am genannten Tag verließ der zu Über-

wachende die Büroräume eines an der Kreuzung Calle Islas Filipinas/Julio Casares gelegenen Consulting-Unternehmens, wo er vermutlich arbeitete, und fuhr mit seinem Wagen zum Flughafen Barajas. Nachdem er den Wagen ins Parkhaus des genannten Flughafens gestellt hatte, ging er zu den Abfertigungsschaltern für Inlandflüge, wo er sich mit einer etwa sieben- oder achtundzwanzigjährigen kleinen, langhaarigen Frau mit dunklem Teint traf, mit der er dieses Treffen anscheinend vorher vereinbart hatte. Sie begrüßten sich mit einem Kuß, der nicht nur auf Vertrautheit, sondern auf das Vorhandensein einer intimen, wenn auch sporadischen Beziehung hindeutete, und nahmen die 20.30-Uhr-Maschine der Linie Madrid-Alicante. Im Prinzip war die Maschine ausgebucht, so daß dieser Detektiv auf die Warteliste kam und schließlich im letzten Moment noch an Bord gelassen wurde.
Auf dem kurzen Flug an das angegebene Ziel legten der zu Überwachende und seine Begleiterin, nachdem sie sich vergewissert hatten, daß kein Bekannter in ihrer Nähe saß, ein zärtliches Verhalten an den Tag, das bis zur Landung andauerte. In Alicante mieteten sie ein Auto und fuhren damit zu einem rund zwanzig Kilometer nördlich der Stadt am Strand gelegenen Hotel, wo sie die Nacht auf Samstag, Sonntag und Montag verbrachten und in dessen Zimmer Nummer 334 sie sich die meiste Zeit aufhielten, denn sie verließen es jeweils erst gegen Abend, um am Strand spazierenzugehen, und schlossen sich danach wieder in ihrem Zimmer ein, wo sie nicht nur frühstückten, sondern auch das Mittag- und Abendessen einnahmen. Auf

diesen Spaziergängen drehte der zu Überwachende nicht selten eine Zigarette (wir vermuten, Haschisch), die er allein rauchte, denn wir beobachteten, daß seine Begleiterin trotz seiner Aufforderungen zu keinem Zeitpunkt von der Droge Gebrauch machen wollte, die ihr angeboten wurde.
Am Sonntagvormittag verbrachte der Mann aus irgendeinem Grund eine gewisse Zeit allein im Empfangsraum des Hotels. Rund eine Stunde. Er widmete sie der Lektüre eines Buches, das er in die Jackentasche steckte, sowie die Frau von ihrem Zimmer herunterkam. Sie schienen entschlossen, woanders hinzugehen, aber als sie bereits auf der Straße standen, hatten sie einen Streit und gingen wieder ins Hotel zurück, wo sie sich bis zum Abend im Zimmer einschlossen. Es war unmöglich, die Worte der erwähnten Auseinandersetzung aufzunehmen, da es die Dringlichkeit, mit der diese Beschattung in Auftrag gegeben wurde, dem Detektiv nicht gestattete, sich mit Richtmikrophonen und andern ausgeklügelten Hilfsmitteln auszustatten, die es, obwohl sie diese Art von Recherchen verteuern, uns erlauben, unsere Berichte detaillierter zu gestalten. Jedenfalls stehen wir aufgrund der Erfahrung des Detektivs nicht an, zu behaupten, daß es sich um eine Beziehungsdiskussion handelte, die für Situationen ehelicher Untreue charakteristisch ist, weil Ehebrecher unter einem doppelten Druck stehen – dem gesellschaftlichen und dem des Gewissens –, selbst wenn sie ihr Delikt fern von ihrem normalen Wohnort begehen, wie es hier der Fall ist.
Sie kamen am Montag mit dem 7.50-Uhr-Flug nach

Madrid zurück und trennten sich auf dem Flughafen Barajas, wo die Beschattung als abgeschlossen betrachtet wurde. Der Mann ist etwa fünfundvierzig, gutangezogen und bezahlte die Hotelrechnung mit Kreditkarte, was in Ehebruchsituationen ungewöhnlich ist, es sei denn, die Ehefrau übe keinerlei Kontrolle über das Bankkonto ihres Mannes aus. Natürlich könnte auch sie die Verheiratete sein, obwohl beide an der üblichen Stelle einen Ehering tragen.
Beiliegend eine Momentaufnahme von einem ihrer bereits beschriebenen Strandspaziergänge. Das Hotel hieß Tropical.

Elena steckte Foto und Brief in die Tasche, bezahlte ihren Tee und ging. Der Nachmittag war noch immer wolkenlos, aber die Sonne begann zu sinken. Elena ging die Calle Espasa zur Corazón de María hinunter und gelangte zur Tür des Hauses, wo ihre Tochter wohnte; aber nach einem Moment der Unschlüssigkeit ging sie weiter. Das milde Wetter und der Bericht stimmten sie optimistisch. Sie kam zur López de Hoyos und stieg in ein Taxi, das sie nach Hause brachte.
Ihr Mann war bereits da. Sie wechselten ein paar freundschaftliche Sätze und rauchten zusammen einen Joint.
»Wie ist es am Sonntag gelaufen?« fragte Enrique.
»Gut«, antwortete Elena, die es sich im Sessel ihrer Mutter bequem gemacht hatte. »Mir fielen der Sessel und die Uhr zu.«
»Nicht schlecht«, lächelte er. »Außerdem machen sie

sich sehr gut hier. Die Schläge dieser Uhr hab' ich immer gemocht.«
»Die Schläge und das Ticktack«, fügte sie hinzu.
»Auch das Ticktack«, räumte er ein.
Elena hoffte, das Haschisch möchte seine Wirkung im Nacken oder vielleicht auf der Stirn fokussieren, und fragte:
»Glaubst du, wir sind gewöhnlich?«
Enrique schien auf der Hut zu sein, aber Elena ermaß am Glanz seiner Augen und an seinen halb zugefallenen Lidern, daß sich der Joint allmählich in seinem Kopf auswirkte. Schließlich antwortete er:
»Du bist nie gewöhnlich gewesen.«
»Ich frage nach uns, nicht nach mir.«
»Dank dir sind wir nicht gewöhnlich gewesen.«
»Also bist du gewöhnlich?«
»Ich möchte schon seit langem gewöhnlich sein.« Enriques Antwort klang halb bitter, halb unwillig.
»Warum?« beharrte Elena.
»Weil ich glücklich sein möchte.«
Sie stand auf und ging zur Hausbar. Statt der Kognak- nahm sie die Whiskyflasche und goß Enrique ein Glas ein. Beinahe hätte sie ihm gestanden, sie habe das Tagebuch ihrer Mutter gefunden, aber dann dachte sie, ihr Mann verdiene diese Vertraulichkeit nicht; sie setzte sich wieder in den Sessel, nippte am Glas und sagte zur Decke hinauf:
»Heute nacht habe ich entdeckt, daß ich nicht gewöhnlich bin. Als kleines Mädchen habe ich nämlich geträumt, ich grabe am Strand ein Loch und finde eine Münze. Ich dachte, wenn ich die Faust mit der Münze

drin geschlossen halten könnte, wäre sie beim Erwachen noch immer in meiner Hand. Als ich aufwachte, war sie weg, aber noch am selben Morgen grub ich am Strand ein Loch und fand sie wieder. Deshalb habe ich mich auch nicht wie meine Geschwister dem Diktat der Wirklichkeit unterworfen, denn ich glaube noch immer, daß Träume realisierbar sind.«

»Das war ein Zufall«, antwortete Enrique, während er aufstand, um den Fernseher einzuschalten. »Ich schau' mir die Nachrichten an.«

Mit übereinandergeschlagenen Beinen blieb Elena sitzen und trank ihren Whisky aus, bis sie Hunger verspürte. Da stand sie auf und ging in die Küche, um sich ein Sandwich zu machen.

FÜNF

In den folgenden Tagen begann der Frühling alles so zu durchdringen, daß er auch Elena zuversichtlicher stimmte. Nicht selten bewölkte sich nachmittags der Himmel, ja es begann sogar mit einer Heftigkeit, wie sie nie von Dauer ist, zu regnen, aber die Vormittage waren sonnig. Elena fühlte sich besser, obwohl sie genau wußte, daß es sich um ein sehr unstabiles Gleichgewicht handelte. Die Symptome waren zwar nicht gerade verschwunden, hatten sich aber abgeschwächt, und der Druck der unbekannten Kraft auf den Darm stellte sich nur unter dem Einfluß des Haschisch ein. Im allgemeinen schienen kleine geisterhafte Störungen ihren Körper zu durchwandern, als suchte sich die Krankheit einen geeigneten Ort, um sich niederzulassen und auszuharren. Einige Male suchte sie den Arzt auf, aber ohne Vertrauen, so daß sie auch die empfohlenen Untersuchungen nicht durchführen ließ.

Manchmal erinnerte sie sich an den Vorfall im Kindergarten und dachte, damals sei sie an eine Schranke gelangt, hinter der es kein Zurück mehr gab; daß sie jedoch an der Grenze hatte haltmachen können, erfüllte sie mit einer Sicherheit, die sie einmal für unbegründet hielt und einmal nicht. Da sie viel Zeit zu Hause verbrachte, beschloß sie, die Putzfrau zu entlassen, allmählich eine lästige Zeugin, eine unangenehme Gegenwart, die sich durch die Wohnung bewegte wie die Krankheit durch Elenas Körper: ohne viel Unheil anzurichten, aber sich in jedem einzelnen Organ, in jedem der Räume, durch die sie ging, bemerkbar machend wie ein Schmerz, der sich vorübergehend unter der Wirkung eines Medikaments verbirgt, dessen Gegenwart aber dennoch über eine gewisse Handlungsfähigkeit verfügt. Ohne die Putzfrau war die Wohnung bald spürbar vernachlässigt, doch Enrique sagte nichts, obwohl er über die von seiner Frau hastig gebügelten Hemden allmählich die Stirn runzelte.

Wenige Tage nach dem ersten Bericht rief Elena das Detektivbüro an. Es meldete sich derselbe Mann wie beim vorigen Mal, und sie führte ein anregendes Gespräch mit ihm.

»Ihr Bericht hat uns gut gefallen, wenn er auch reichlich deskriptiv war«, sagte sie.

»Was wollen Sie damit sagen?« fragte die Stimme.

»Er schilderte ausführlich, was die beschattete Person unternahm, machte aber nie einen Ansatz, ihr Verhalten zu beurteilen. Wenn es beispielsweise im Bericht heißt, der zu Überwachende habe ein Buch gelesen, möchten wir wissen, um welches Buch es sich handelte. Uns interessieren Merkmale seines Charakters und nicht nur Verbindungen von Tätigkeiten. Ins Schwarze trifft der Bericht beispielsweise da, wo er die Vermutung wagt, die Auseinandersetzung zwischen den mutmaßlichen Ehebrechern habe sich um ihre Beziehung gedreht. Verstehen Sie mich?«

»Im Prinzip besteht unsere Arbeit nicht darin, Urteile abzugeben«, antwortete die Stimme ein wenig verunsichert. »Aber wenn wir die Ermittlung fortsetzen, werde ich mit dem Detektiv sprechen, damit er ausführlicher wird.«

»Er soll nicht ausführlicher werden, er soll mehr wagen, auch wenn er sich persönlich auf das einlassen muß, was er beschreibt. Ein Detektiv ist ja nicht nur eine Stimme, er wird auch einen Körper und ein Alter haben und Gefühle in bezug auf das, was er sieht. Verstehen Sie?«

»Wir können es versuchen.« Die Stimme drückte eine Sicherheit aus, die hohl klang.

Hierauf gab Elena ein Gesamtgutachten über Enrique in Auftrag, das sie wenige Tage später im Postfach abholte. Sie las es lustvoll im Bett, während der Mittagsruhe. Es lautete folgendermaßen:

Der zu Überwachende ist sechsundvierzig Jahre alt, genau wie dieser Detektiv, obwohl man ihn für einundvierzig halten könnte, im Gegensatz zu diesem Detektiv, der aussieht wie neunundvierzig. Er heißt Enrique Acosta Campos und ist leitender Angestellter einer Consulting-Firma, die in den letzten fünf Jahren dreimal ihren Namen geändert hat, ohne deswegen auch ihren Sitz zu verlegen. Alles scheint darauf hinzuweisen, daß es sich um ein an bestimmte Kreise der politischen Macht gebundenes Phantomunternehmen handelt, das, nachdem es Geschäfte von großer wirtschaftlicher Tragweite getätigt hat, verschwindet, um kurz danach unter neuem Namen wiederaufzutauchen. Im letzten Jahr wurden zwei wichtige Geschäfte durchgeführt, eines mit dem Industrieministerium und ein weiteres mit dem Gesundheits- und Umweltministerium. In beiden Fällen handelte es sich um Marktstudien oder etwas Ähnliches, zu denen dieser

Detektiv keinen Zugang hatte. Falls unser Kunde weitere Informationen über diese Firma, die sich zur Zeit Neue Märkte AG nennt, benötigen sollte, wäre es empfehlenswert, zusätzlich die Dienstleistungen eines Spezialbüros zu beanspruchen, da sie, wie bereits erwähnt, zahlreiche Zweige aufweist – einer davon ein Werbemulti –, die schwierig darzulegen sind und durch die das Geld unterirdisch fließt, bis es verschwindet, obwohl wir nicht wissen, wo und in welchen Mengen. Der Mann namens Enrique Acosta lebt gut, wenn auch ohne Zurschaustellung, und verbringt seinen Arbeitstag zum großen Teil unterwegs mit der Pflege von Kontakten, die ihn von einem Ministerium ins andere führen. Möglicherweise hat er wirtschaftliche Interessen in Venezuela und Mexiko, wohin er in den letzten Monaten mit einer gewissen Regelmäßigkeit gereist ist. Selten gibt es einen Tag, an dem er kein Arbeitsessen hat – immer in von Unternehmern und Politikern besuchten Nobelrestaurants.

Er ist verheiratet mit Elena Rincón Jiménez, deren dreiundvierzig Jahre man ihr ansieht. Sie ist eine schlanke Frau (oft mit Augenringen), von der uns kaum Beziehungen bekannt sind. Sie verbringt viel Zeit zu Hause, obwohl sie früher in der Kreativabteilung einer kleinen, mittlerweile verschwundenen Werbeagentur arbeitete, die ein Tochterunternehmen der damals von ihrem Mann geleiteten Consulting-Firma gewesen sein muß. Jedenfalls gab die erwähnte Elena Rincón ihre Arbeit auf, bevor dieses Unternehmen schloß – offensichtlich wegen Bankrotts und möglicherweise aus Gründen persönlicher Art, die

herauszufinden uns im Moment nicht von Interesse schien, obwohl wir, da wir nicht wissen, welche Zwecke diese Ermittlung verfolgt, bei der Beurteilung dessen, was wichtig ist und was nicht, möglicherweise Fehler begehen.
Beide Eheleute verfügen über getrennte Bankkonten, obwohl die genannte Elena anscheinend keine regelmäßigen Einkünfte hat, außer denen, die ihr von mehreren, eventuell vom erwähnten Enrique Acosta zedierten Aktienpaketen verschiedener Unternehmen zufließen. Auf Elena Rincóns Konto ist kürzlich eine nicht quantifizierte Einzahlung erfolgt, die aus dem Verkauf einer ihrer verstorbenen Mutter gehörenden Wohnung stammt.
Die Beziehung zwischen den beiden Eheleuten basiert anscheinend auf gegenseitiger Freiheit und Unabhängigkeit. Faktisch führt er ein recht unregelmäßiges Liebesleben, obwohl er in der letzten Zeit mit seiner Sekretärin offenbar einen gewissen Grad an Gefühlsstabilität erlangt hat. Er konsumiert gewohnheitsmäßig Haschisch und möglicherweise Kokain, kämpft aber gegen diese Ausschweifungen an, indem er regelmäßig ein nahe seinem Büro gelegenes Fitneßcenter aufsucht, wo er die Sportarten betreibt, die zur Zeit en vogue sind.
Das Ehepaar hat eine zweiundzwanzigjährige Tochter namens Mercedes, seit zwei Jahren verheiratet und wohnhaft in Madrid. Die genannte Mercedes Acosta hat kaum Verbindung zu ihrer Mutter, trifft sich aber häufig mit ihrem Vater, von dem sie mehr oder weniger regelmäßig Geld erhält und zu dem, wie es den

Anschein macht, liebevolle Bande bestehen, die offenbar nichts mit dieser wirtschaftlichen Hilfe zu tun haben. Übrigens hieß das Buch, das Enrique Acosta in Alicante las, *Die Verwandlung*.

Elena hatte den Bericht in der Nachttischschublade verwahrt, zusammen mit dem Tagebuch ihrer Mutter, und danach vergeblich zu schlafen versucht. Der Horizont, der sich mit diesem Bericht vor ihrem Leben auftat, erregte und belustigte sie. Sie wälzte sich im Bett umher, stützte sich schließlich auf und nahm das letzte Heft – das mit der Nummer sechs – des Tagebuchs ihrer Mutter. Eigentlich hatte sie den Schluß lesen wollen, verwarf dann den Gedanken aber wieder, als wäre es noch nicht der Moment dazu, als wäre sie in eine Kette bedeutsamer Ereignisse verhängt, bei denen es wichtig war, die Ruhe zu bewahren und sich um jedes einzelne Glied zu gegebener Zeit zu kümmern. Sie steckte also das Heft wieder in die Nachttischschublade und zündete sich eine Zigarette an, die sie bedächtig genoß; dabei beobachtete sie das Lichtspiel, das das Fenster an die Decke projizierte. Es konnte kein Zweifel daran bestehen, daß sie dachte, aber ihr Kopf entwickelte nicht so sehr Ideen wie eine Bahn, in der diese Ideen in nächster Zukunft verlaufen sollten.

Etwa um sechs Uhr abends stand sie auf, um das Detektivbüro anzurufen; doch zuvor rauchte sie einen Joint, da sie während des Gesprächs besonders enthemmt sein wollte.

Aus irgendeinem Grund dauerte es eine Weile, bis sich

die Wirkung des Haschisch bemerkbar machte, so daß ihr Elena die Ausbreitung mit einem Whisky erleichterte. Nach dem ersten Schluck spürte sie eine Körperkraft, die nicht frei von einem gewissen Allmächtigkeitsgefühl war, und setzte sich im Wohnzimmer neben das Telefon, Glas und Aschenbecher zu ihrer Rechten, ohne die Augen von der Uhr und dem Sessel ihrer Mutter abzuwenden, die ihr gegenüberstanden. Die offensichtliche Leere des Sessels brachte sie auf die Idee einer lärmenden, wenn auch nur vorübergehenden Abwesenheit. Tatsächlich fehlte eine Verknüpfung, die ihn mit der Uhr verbunden hätte, denn ohne den Körper der Mutter verschmolzen die beiden Gegenstände schlecht miteinander, als hätten alle drei eine unauflösbare, geheimnisvolle Einheit gebildet, genau wie die drei Personen der Heiligen Dreifaltigkeit, ein Mysterium, an das ihre Mutter jedoch nie hatte glauben können.

Es meldete sich dieselbe Person wie immer, und nachdem Elena sich zu erkennen gegeben hatte, kam sie direkt zur Sache.

»Der letzte Bericht liegt eher auf der Linie dessen, was wir brauchen, aber einiges müßte noch verbessert werden.«

Der Mann am andern Ende der Leitung atmete unruhig, und Elena merkte, daß er kapituliert hatte.

»Es ist sehr schwierig«, antwortete die Stimme schließlich, »einen Bericht abzugeben, dessen Zweck nicht bekannt ist. Beispielsweise ist es nicht dasselbe, einen finanzwirtschaftlichen Bericht über eine Person oder eine Institution zu erstellen, wie einen Ehebruch im Hinblick auf ein Scheidungsverfahren zu ermitteln. Wir Detektive benötigen ein ›Briefing‹, wie man in der angelsächsischen Welt sagen würde, damit unsere Berichte gleichzeitig präzis und aussagekräftig sind, kurz, die Sache im Kern treffen. Deshalb wäre es sehr von Nutzen für uns, mit dem Kunden ein persönliches Gespräch zu führen.«

»Ich hab' Ihnen schon gesagt, daß das nicht möglich ist.« Elenas Ton sollte scharf klingen, geriet ihr jedoch verführerisch. »Aber ich will Ihnen einige Punkte erläutern, die Ihnen vielleicht helfen – natürlich nur, falls Ihr Büro an dieser Arbeit noch interessiert ist.«

Eilig bekräftigte die Stimme ihr Interesse, und Elena lächelte zum Sessel ihrer Mutter hinüber. Möglicherweise, dachte sie, hatte sie ein Büro gewählt, in dem nur ein einziger Detektiv arbeitete, der es zugleich leitete und nun am andern Ende der Leitung saß und zu allem bereit war, um diesen Phantomkunden nicht zu verlieren, der ihm allmählich regelmäßige Einkünfte verschaffte.

»Einige Details des letzten Berichts haben uns gefallen«, fuhr Elena fort, »etwa, daß der Detektiv sein eigenes Alter nennt; was uns aber nicht gefällt, ist der unpersönliche Ton, den er mit all dem ›wir glauben‹, ›wir meinen‹ und ›möglicherweise‹ noch immer gebraucht und der eher zum Papst als zu einem Menschen aus Fleisch und Blut paßt. In Zukunft soll er in der Ich-Form schreiben und sich vorstellen, er erzähle die Dinge, was weiß ich, einem Freund und nicht einem Verwaltungsrat. Verstehen Sie, was ich meine?«

»Jawohl.« Die Stimme ließ einen deutlichen Unterton von Groll hören.
Um die Spannung etwas zu mildern, sagte Elena: »Verstehen Sie mich nicht falsch – die Berichte sind sehr gut, sind sehr gut geschrieben, aber es fehlt ihnen die Stimme eines persönlichen Erzählers, eines menschlichen Wesens, das zu dem, was es hört oder sieht, auch eine Meinung hat.«
»Die Berichte haben Ihnen also gefallen?« fragte die Stimme aufmunterungsbedürftig.
»Sie sind sehr gut, ich hab's Ihnen ja schon gesagt; sie zeichnen sich durch eine große syntaktische Sorgfalt aus, sind aber äußerst verhalten, als steckte der Detektiv – der ja, was wir nicht vergessen wollen, der Erzähler ist – in einem Korsett von Formeln und Redewendungen, von denen er sich nicht lösen kann. So bleibt im letzten Bericht die Frauengestalt (Elena Rincón heißt sie, glaube ich) ein wenig unscharf. Zwar beschreibt der Bericht sie sehr präzis als eine Frau mit Augenringen, aber wir wissen nicht, ob diese zu ihrem Gesicht gehören oder das Ergebnis einer momentanen Erschöpfung sind. Ebensowenig wissen wir, wie sie sich kleidet oder ob sie glücklich ist oder sich einsam fühlt.«
»Solche Dinge«, sagte die Stimme wie zur Entschuldigung, »gehören in den Bereich der Subjektivität, verstehen Sie bitte.«
»Sie müssen verstehen« – Elena nahm zwischendurch einen Schluck Whisky –, »daß es sich genau darum handelt, nämlich subjektiv zu sein, wahnsinnig subjektiv.«

In diesem Augenblick begann die Pendeluhr die Viertelstunden auf sieben zu schlagen. Elena richtete den Hörer gegen die Stelle an der Wand, wo die Uhr hing, und als die Schläge verklungen waren, sprach sie weiter.

»Haben Sie das gehört?«

»Die Glockenschläge?«

»Die Glockenschläge, genau. Sie stammen von einer schönen, vornehmen Pendeluhr, die in einem großbürgerlichen Salon hängt, von wo aus ich, in einem Lederdiwan zurückgelehnt, mit Ihnen spreche. Uhr, Salon und Diwan gehören der Person, für die Sie und ich arbeiten, jeder an seinem Platz und aufgrund seiner besonderen Aufgaben. Ich kann Ihnen versichern, daß Ihr Kunde, mein Chef, wahnsinnig großzügig ist, wenn man ihm zu geben versteht, was er verlangt, und was er von Ihnen verlangt, ist Subjektivität. Einverstanden ?«

»Einverstanden«, antwortete die Stimme entschlossen, die das Anliegen gleichzeitig begriffen und befriedigt aufgenommen zu haben schien.

»Noch etwas«, fügte Elena bei. »Verlieren Sie keine Zeit mit der Ermittlung von Enrique Acostas erbärmlichen Geschäften – wir kennen die Situation nur zu gut. Schreiben Sie uns einen Bericht – nicht unbedingt lang, dafür substantiell – über seine Vergangenheit und, wichtiger noch als seine Vergangenheit, über die Art, wie er dahin gekommen ist, wo er jetzt steht. Verstehen Sie mich richtig: Beschreiben Sie nur das Notwendige und interpretieren Sie, was von Bedeutung ist.«

Als sie einhängte, überfloß sie vor Befriedigung. Zum erstenmal seit langem hatte die Kombination von Haschisch und Whisky in ihrem Körper keine unheilvolle Wirkung ausgelöst. Sie zündete sich eine Zigarette an und setzte sich in den Sessel ihrer Mutter, um dort mit der Lektüre eines Romans zu beginnen, aber die Erregung, die sie beherrschte, machte es ihr unmöglich, sich darauf zu konzentrieren. Sie ließ das Buch liegen und lauschte nur noch dem Ticktack der Uhr. Die Wirklichkeit hatte die Sterbeatmosphäre aus den Tagen vor und nach dem Tod ihrer Mutter verloren. Durch das Balkonfenster drang ungetrübtes blaues Licht, das die Nähe des Meers vortäuschte. Plötzlich spürte Elena, daß Uhr, Sessel und sie selbst einen Kreis bildeten, und sie begriff dunkel, daß ihre Angst der vergangenen Tage nicht von der Möglichkeit kam, ihre Mutter auf dem Sessel vorzufinden, sondern davon, sich selbst in ihre eigene Mutter zu verwandeln, die von diesem Ensemble angezogen wurde, in welchem sie seinerzeit als Kopula, als Verbindung gewirkt hatte. Die Vorstellung, in der sie auch deutlich eine verhängnisvolle Seite erkannte, rief in ihren Eingeweiden keinen unmittelbaren Eindruck hervor, vielleicht weil die Kombination von Haschisch und Whisky ihre höchste Wirkung erreicht hatte. Sie dachte im Gegenteil mit einer gewissen Wärme an ihre Antipodin und beglückwünschte sich zu den Augenblicken der Lust, die sie ihr während des Gesprächs mit dem Detektiv zweifellos verschafft hatte.
Ihr Mann kam um neun, und vor dem Essen rauchten sie in der Küche zusammen einen Joint. Sie schwiegen

sehr oft, aber in diesem Schweigen lag nie eine Spannung, oder dann war sie schon vor Jahren verschwunden.
»Hast du Mercedes gesehen?« fragte Elena.
»Warum?«
»Ich weiß, daß ihr euch oft hinter meinem Rücken seht, und es macht mir nichts aus.«
»Wir sehen uns nicht hinter deinem Rücken«, sagte Enrique mit müdem Ausdruck. »Du sprichst wie von einer Geliebten anstatt von einer Tochter. Wir pflegen ganz einfach eine Beziehung, die zwischen euch beiden nicht möglich gewesen ist.«
»Meinetwegen?«
»Ich beschuldige niemand, ich sage nur, was ist.«
»Wie denkt Mercedes über mich?«
»Das solltest du sie selbst fragen, aber ich glaube, du hast in eure Beziehung immer ein Element der Distanz, der Kälte gelegt, das euch auseinandergebracht hat. Zum Beispiel weißt du, daß sie deine Mutter angebetet hat, die eine gute Großmutter war, und bist nicht einmal auf die Beerdigung gekommen.«
»Ich fühlte mich nicht gut.« Elenas Züge verhärteten sich.
Enrique sagte nichts mehr. Aus dem Salon hörten sie undeutlich die Schläge der Pendeluhr, die das gespannte Schweigen der letzten Minuten noch betonten. Elena versuchte ihren Ton zu ändern und sagte:
»Übrigens suche ich in der Bibliothek seit mehreren Tagen *Die Verwandlung* von Kafka. Das Buch ist verschwunden.«
»Ich hab' es im Büro – ausgelesen. Ich habe nur vergessen, es wieder nach Hause zu bringen.«

»Wie bist du dazu gekommen, das jetzt noch einmal zu lesen?«
Enrique lächelte, bevor er antwortete.
»Vor kurzem kam mir in den Sinn, ich hätte das Buch immer von der Seite des Opfers aus gelesen, und beschloß, es einmal von der andern Seite her zu tun, also nach Möglichkeit aus der Sicht der Eltern des Insekts, seines Chefs und seiner Schwester.«
»Warum denn das?«
»Nun, das hatte mit etwas Komplizierterem zu tun. Wir arbeiteten im Büro für das Wohnungsministerium ein Projekt zur Umgestaltung eines Vororts aus, und als ich dorthin ging und die Lebensbedingungen der Leute sah, erinnerte ich mich an den Klassenkampf und all das. Nachdem ich an dem Abend einen Joint geraucht hatte, ging mir auf, daß wir früher immer, wenn wir vom Klassenkampf sprachen, das unter dem Gesichtspunkt der Verlierer taten. Dabei habe ich persönlich diesen Kampf in den letzten Jahren allmählich gewonnen, aber weiterhin so geredet, als wohnte ich in einem Vorort. Da beschloß ich, mich umzustellen.«
Elena stellte den Salat auf den Tisch und schaute Enrique an, als versuchte sie ihn wiederzuerkennen oder in seinem Gesicht irgendeinen Zug eines verlorenen Bildes zu finden. Schließlich sagte sie:
»Du bist ein Zyniker.«
Das war alles.

SECHS

In den folgenden Tagen schien Elena die Angst vor dem Sessel zu verlieren. Sie trank darin ihren ersten Morgenkaffee, unter dem Ticktack der Uhr und den rhythmischen Glockenschlägen, unter deren zeitlichem Diktat sich dunkel eine Kette von Bedeutungen ohne erkennbare Absicht und vorhersehbare Dauer abwickelte. Es war, als würde hinter ihrem Rücken ein Komplott geschmiedet, das ihr Leben betraf – obwohl nicht eigentlich hinter ihrem Rücken, sondern auf der dunkelsten Seite ihrer Existenz.
In diesem Sessel las sie auch den dritten der beim Detektivbüro in Auftrag gegebenen Berichte. Er lautete wie folgt:

Enrique Acosta Campos' Leben wäre drei Zeilen oder hundert Seiten wert, je nachdem, von wo aus man es erzählt, je nach der für diese Beschreibung bezahlten Summe und nach dem symbolischen Wert, den wir ihr beimessen. Aus Gründen der persönlichen Neigung und der Art von Arbeiten, die er bis dahin ausgeführt hat, neigt dieser Detektiv dazu, sich bei seinen Nachforschungen an den stillsten Ort des ganzen Klüngels zu stellen, in einen stummen Raum sozusagen. Von diesem Ort aus sind die Handlungsweisen und Stimmen mit unerwarteter Deutlichkeit wahrzunehmen, mit ebendieser Deutlichkeit, die es erlaubt, objektive, von jeglicher Gefühlsverwirrung freie Berichte zu verfassen.

Ich erwähne dies, weil mich das irritierende Ersuchen meines Kunden, subjektiv und also leidenschaftlich zu sein, meinen eigenen, sagen wir intellektuellen Interessen gegenüberstellt. Vielleicht wirkt der Begriff »intellektuell« übertrieben für die Art von Bildung, die Leuten wie uns, welche derartige Arbeiten ausführen, normalerweise zugeschrieben wird. In meinem Fall jedoch ist es so, und ich will nicht um meiner Objektivität willen lügen, für die ich nicht bezahlt werde. Ich bin ein gescheiterter Kriminalist, aber immerhin ein Kriminalist, habe zahlreiche Studien über diese Materie verfaßt und einige Schriften, die eines Tages vielleicht den Ruhm des Drucks, die Ehre des gedruckten Buchstabens erlangen. Andere mit geringeren Meriten haben es geschafft.
Nun gut, dieser Widerspruch – im Prinzip vom Beruf her schmerzlich, aber unvermeidbar, da ich mir ja mein Brot verdienen muß – hat mein Leben etwas aufgehellt, denn er hat mich mit einem Mann, Enrique Acosta, konfrontiert, der in mancherlei Hinsicht mein Negativ, mein Gegenteil ist.
Ich könnte anführen, dieser Mann, Gegenstand der laufenden Ermittlung, gehöre zu einer jener Mittelklassefamilien, die in den Sechzigern einen gewissen Lebensstandard erreichten. Ich könnte beifügen, daß er Jura studierte, in dieser Fakultät seine heutige Frau, Elena Rincón, kennenlernte und sich aktiv an den Studentenbewegungen beteiligte, bis er sich in einer Linkspartei engagierte, die heute verschwunden ist oder vielleicht verschluckt von den Parteien, welche gegenwärtig an der Macht sind oder an deren Peripherie.

In diesem Ton könnte ich weiterfahren, könnte Fakten und Namen herausfinden und eine zusammenhängende oder unzusammenhängende Biographie erstellen, die jedenfalls durch Belege oder konkrete, beschreibbare Situationen untermauert würde, welche dem Bericht Gehalt und Garantie gäben. Ich könnte sogar hinzufügen, daß wir vielleicht Kollegen waren, denn obwohl ich älter aussehe, sind wir in denselben Jahren, und auch ich studierte damals Jura, obwohl ich einräumen muß, daß ich etwas im Rückstand war, da ich spät aufs Gymnasium kam und zwischen den Studien immer wieder die verschiedensten Arbeiten annehmen mußte, so daß mir nicht viel Zeit für persönliche Beziehungen blieb.

Aber nichts von alledem ist von Bedeutung, wenn mein Kunde darauf beharrt, daß ich subjektiv sein soll. Meiner Meinung nach – und wenn es das ist, was diejenigen wissen wollen, die mich bezahlen – spielte dieser Typ, der heute in einem Reihenhaus leben könnte, wäre da nicht sein Haß aufs Grünzeug, seinerzeit Revolution und paßte sich dann wie so viele andere allmählich seinen gastronomischen und sexuellen Bedürfnissen an – nahtlos, in einem unwahrnehmbaren, langsamen Übergang, der ihn in die Umgebung der Macht führte, wo er sich heute bequem eingerichtet hat. Ich kenne diese Typen gut, sie ließen Leute wie mich auf der Strecke, die wir – es muß gestanden sein – nicht über die nötige Intelligenz oder Skrupellosigkeit verfügten, um rechtzeitig zu merken, was lief. Für sie war Verhaftetwerden eine Auszeichnung, etwas wie eine Kriegswunde, für mich aber bedeutete es, die

Karriere und meine echte kriminalistische Berufung aufgeben zu müssen, für die ich mich von Natur aus begabt fühlte. Sie machten mir sozusagen die Revolution und hauten dann ab, um sich in Ämtern und Verwaltungsräten und Generaldirektionen festzusetzen, wo sie die Erinnerung an Leute wie mich verloren haben. Sie sind, was sie immer schon waren: Playboys; aber von diesem Intermezzo in ihrem Leben haben sie sich die Vorliebe für Haschisch oder Kokain oder große Töne bewahrt, die ich nicht verstehe, denn sie meinen, dadurch unterscheiden sie sich noch immer. Glücklicherweise haben einige von ihnen Krebs oder Aids erwischt, und das bringt sie in internationalen Renommierkliniken zum Schwitzen, wo sie ihr langsames Sterben hätscheln, wie sie seinerzeit ihr Image hegten. Schweinehunde sind sie, Dreckskerle – und Enrique Acosta ist der größte von allen. Er ist mein Feind. Das ist Subjektivität, und alles andere ist Quatsch. Nun gut.

Elena Rincón Jiménez, seine Frau, hat eine ähnliche Geschichte, in weiblicher Ausgabe natürlich. Übrigens sind ihre Augenringe zweifellos auf die Einnahme von Drogen zurückzuführen, wenn es auch gewagt wäre, zu sagen, welche Art von Drogen und auf welchem Weg sie sie zu sich nimmt. Sie verläßt die Wohnung selten, aber wenn, dann geht sie nirgends hin und setzt sich eine Sonnenbrille auf, um die anormale Erweiterung ihrer Pupillen zu verbergen. Vor kurzem hat sie ihre Putzfrau entlassen, mit der dieser Detektiv in Verbindung getreten ist, ohne allerdings sehr genaue Auskünfte von ihr zu bekommen, denn es handelt sich um eine Frau mit wenig Bildung und geringer Beobachtungsgabe. Elena Rincón könnte eine Mischung aus zeitgenössischer Hausfrau und emanzipierter Frau sein, die die Zwänge einer geregelten Arbeit nicht erträgt. Ihre Art, sich zu kleiden, ist unspektakulär, aber auch nicht schlicht. Sie trägt eine Sorte teure Kleider, die billiger wirken, als sie wirklich sind. Merkwürdigerweise will sie nicht jünger aussehen.

Einen Augenblick lang war Elena bestürzt, als wäre ihr in den Händen ein Sprengkörper explodiert, den sie zwar gebastelt, aber für einen andern bestimmt hatte. Lange Zeit schaute sie dem Licht im Fenster zu und wippte mit ihrem rechten, über dem linken Schenkel hängenden Bein, in einer Pendelbewegung, die dem Ticktack der Uhr über ihrem Kopf folgte. Es wurde schon dunkel, und die wenigen Wolken rissen rosafarben auf wie Verbandsstoff, so daß man sich an eine Krankheit erinnert fühlte. Als Enrique nach Hause kam, war sie noch immer in dieser Stellung, hatte aber, bevor er das Wohnzimmer betrat, Zeit, den Bericht zu verstecken und ihre Gesichtszüge in Ordnung zu bringen.

Ihr Mann drehte sich einen Joint und bot ihn Elena an, die jedoch ablehnte.

»Warum denn?« fragte Enrique.

»In letzter Zeit tun sie mir nicht gut.«

»Hast du wieder Probleme mit deiner Verdauung?«

»Nicht eigentlich mit der Verdauung. Es ist etwas Grundsätzlicheres. Wenn ich rauche, hab' ich keine Kontrolle über die Bilder.«

»Über welche Bilder?«
»Die Bilder meines Lebens, was ich war, was ich bin, was ich als alte Frau sein werde, wenn ich dann noch sprechen kann, als wäre ich jung.«
»Du verbringst viel Zeit zu Hause«, lächelte Enrique.
»Dich erschrecken solche Gespräche, nicht wahr?«
Enrique hatte sich aufs Sofa geworfen, die linke Hand im Nacken und in der rechten den Joint, und schaute Elena an, die noch immer im Sessel ihrer Mutter saß. Enrique lächelte – heute sah er sehr jung aus.
»Ach, keine Spur«, sagte er. »Mich erschreckt nur noch sehr wenig. Du bist es, die mir Sorgen macht, die Art, wie du lebst, daß du deine Freunde nicht mehr triffst, deine Isolierung, diese Manie, dir über die Dinge so den Kopf zu zerbrechen ...« Er schaute auf die Uhr und machte ein verdrießliches Gesicht. »Heute abend hab' ich ein fürchterliches Essen, ich sollte mich umziehen.«
»Ich hab' dir das rosa Hemd gebügelt.«
»Danke, das zieh' ich gern an.«
Er stand auf, drückte den Joint aus und ging ins Schlafzimmer. Elena folgte ihm und setzte sich auf den Bettrand, von wo aus sie ihm zuschaute. Schließlich sagte sie:
»Was gibt dir das Hasch jetzt noch, nach all den Jahren?«
»Weniger als damals, aber ich gewinne ihm noch immer etwas ab. Du darfst nicht vergessen, daß ich nie so viel geraucht habe wie du. Erinnerst du dich noch an das Jahr, als wir nach Marokko gingen? Du warst drei

Tage high und hast Gott und den Teufel und die ganzen himmlischen Heerscharen gesehen. Du hast schon immer dazu geneigt, Erfahrungen sehr schnell auszukosten. Ich habe einen andern Rhythmus.«
»Aber was gibt es dir?«
»Perspektive. Ich sehe die Dinge leidenschaftslos und begreife ihre Falle.«
»Welche Falle?«
»Die Falle, die hinter allem steckt. Du und ich, wir sind dank dem Hasch noch zusammen; diejenigen, die es nie versucht haben, meinten, es sei möglich, eine andere Art von Beziehung zu beginnen – und du siehst ja, sie gehen von einem Partner zum andern, um dasselbe zu wiederholen. Es hilft mir sehr beim Liebemachen.«
»Wir beide machen nicht mehr Liebe.«
»Ich sprach allgemein.«
»Ich verstehe nicht, was du mit der Falle meinst.«
Enrique band die Krawatte fertig und setzte sich neben Elena aufs Bett. Er hatte seinen sicheren Ausdruck von zuvor verloren, und das machte ihn alt. Er schien einen Moment nachzudenken und sagte dann:
»Ich kann's noch nicht erklären, und das ist mir auch egal – es genügt mir, es intuitiv zu verstehen, mit dem Verstand oder mit dem Bauch, mit der Seite jedenfalls, deren Aufgabe es ist, solche Dinge zu verstehen. Aber es gibt eine grundsätzliche Falle, der wir ausgeliefert sind, und eine Menge von Zusatzfallen, denen wir ausweichen können oder auch nicht. Ich habe beschlossen, den zusätzlichen vorzubeugen. Erinnerst du dich noch, als mein Vater starb? Einige Tage zuvor hatte ich

ihn besucht, und schon da brachte er alles durcheinander. Sicherlich wußte er nicht, wer er war und wo er sich befand. Aber in einem bestimmten Moment erkannte er mich anscheinend und machte mir ein Geständnis, von dem ich zwar nicht gerade sagen würde, es habe mein Leben verändert, weil ich solche bedeutungsschweren Sätze hasse, das aber wie ein Gift war oder wie eine Offenbarung, die im Lauf all dieser Jahre in mir gewirkt hat und die mir das Hasch verständlich gemacht hat, auch wenn sie mich nicht gelehrt hat, wie man erklärt.«
Elena wirkte erschrocken, fragte aber dennoch:
»Was hat er dir gestanden?«
»Er sagte mir, er habe am Vortag masturbiert und sich dabei dasselbe vorgestellt wie beim allerersten mal. Dann schwieg er einige Augenblicke und fügte hinzu: ›Eigentlich habe ich mir jedesmal dasselbe vorgestellt, mit leichten Variationen.‹ Stell dir vor! Wie viele Male masturbiert man in seinem Leben? Tausend? Hunderttausend? Millionen? Ich weiß es nicht, aber ich weiß, daß man jedesmal, wenn man es macht, eine einmalige, andere Erfahrung zu wiederholen meint, obwohl wir in Wahrheit von Anfang an immer an dieselbe Obsession gebunden sind. Ich weiß nicht, was das bedeutet, aber ich weiß, daß es in mein Leben einen Erkenntnisfaktor eingeführt hat, den es vorher nicht gab und der mir geholfen hat, eine Art Übereinstimmung mit mir selbst zu erreichen, mit meinen Widersprüchen und Wünschen.«
»Ich versteh' dich nicht«, sagte Elena, als hätte sie ihm gar nicht zugehört.

»Ich will es dir anders sagen: Dieses Geständnis machte mich schlagartig und im schlechtesten Sinn des Wortes erwachsen, im einzigen Sinn, in dem man wirklich erwachsen sein kann.«

Nachdem Enrique gegangen war, setzte sich Elena in den Sessel und begann zu weinen, obwohl sie keinerlei seelischen oder körperlichen Schmerz fühlte; es war eher wie ein Ausruhen, als hätte sich ihr Organismus entschlossen, vorübergehend seine Abwehr zu reduzieren und sich den Luxus eines Fallenlassens zu leisten, um Energien anzusammeln. Sie dachte, vielleicht erfülle das Weinen dieselbe Funktion wie vor Tagen oder Monaten die Ohnmachten, aus denen sie meistens gestärkt erwachte. Als das Weinen vorüber war, erinnerte sie sich gewohnheitsmäßig ans Abendessen, doch sie mochte nichts zu sich nehmen. Dann dachte sie, sie könnte sich doch einen Joint drehen und im Sessel beim Fernsehen einschlafen, aber sie assoziierte das mit dem Kognak und den Anxiolytika ihrer Mutter und auch mit dem Bericht des Detektivs. Also tat sie es nicht. Eigentlich war es gar kein eigener Entschluß, denn er schien von einem fremden, allerdings durch unsichtbare Bande an den ihren geknüpften Willen zu stammen. Mit einem Anflug von Ironie dachte sie, vielleicht verdanke sie ihn ihrer Antipodin, die aus irgendeinem Grund an diesem Punkt des Lebens beschlossen hatte, sich allmählich um sie, um sich zu kümmern. Jedenfalls merkte sie, daß die gestern noch so ersehnte Wirkung des Haschisch heute nicht willkommen war, und alles war scheinbar zufällig und einfach geschehen wie die übrigen Dinge des Lebens auch.

Sie beschloß, zu Bett zu gehen und zu lesen, bis die Worte den Schlaf anlockten. Sowie sie sich hingelegt hatte, rief sie sich – ebenfalls zufällig – Gregor Samsa in Erinnerung, den sie einst so geliebt hatte, und sie dachte, während der letzten Jahre sei auch sie ein seltsames Insekt gewesen, das allerdings im Gegensatz zu demjenigen Kafkas vor dem Tod zunehmend seine alte Gestalt wiedererlangte, ehe die andern es umbrachten. Der Gedanke versetzte sie in Erregung, denn sie spürte, wenn es ihr gelänge, aus dieser Verwandlung zurückzukehren, wären die Dinge anders, da sie mit einer besonderen Kraft ausgestattet aus ihr hervorgehen würde, mit einer Weisheit, mit der sie den Mechanismen der Welt vielleicht furchtlos die Stirn bieten könnte – oder denen, die diese Mechanismen eigennützig und gegen sie betätigten.
Sie wollte nach einem seit Monaten auf dem Nachttisch liegenden Roman greifen, aber ein Impuls, in dem keine Angst mehr lag, sondern der Wunsch zu wissen, ließ sie die Schublade aufziehen und eines der Tagebuchhefte ihrer Mutter herausnehmen. Wie immer suchte sie aufs Geratewohl den Beginn eines Abschnitts und las:

Nur ein einziges Mal bin ich ins Ausland gegangen, und dabei wohnte ich in einem Hotel. Ich begleitete meinen Mann in eine französische Stadt namens Bordeaux, wohin ihn seine Firma geschickt hatte, um einige Arbeiten zu überwachen, in denen er Spezialist war. Wir waren nur zwei Tage dort, und ich blieb die ganze Zeit über im Hotel, das sehr gut war und in dem

ich mich gar nicht richtig zu bewegen wußte. Am ersten Abend mußte mein Mann zu einem Bankett, an dem ich nicht teilnahm. Ich erinnere mich, wie ich das besondere Nachthemd anzog, das ich mitgenommen hatte, und auf meinen Mann wartete, während ich das Zimmer studierte und ein Französischbuch durchsah, das einer meiner Töchter gehörte und das ich eingepackt hatte, um einige Sätze dieser Sprache zu lernen. Das Nachthemd war ein wenig aufreizend, denn ich dachte, im Ausland zu sein sei wie jemand anders sein und wir könnten uns dort auch wie jemand anders benehmen, als wären wir es gewohnt, durch die verschiedenen Erdteile zu reisen und das etwas ausschweifende Leben zu führen, das die Leute führen, die sich so viel und so ungezwungen bewegen. In einem bestimmten Moment ging ich ins Badezimmer, um mich im Spiegel zu betrachten, denn dieses Bad hatte einen sehr großen, makellosen und von vielen weißen Lämpchen beleuchteten Spiegel, Lämpchen so weiß und glänzend wie die übrigen sanitären Einrichtungen (Waschbekken, Bidet, Badewanne, WC-Schüssel), die eher wie Möbel als wie sanitäre Einrichtungen aussahen, so schön waren sie. Obwohl ich das Gefühl hatte zu sündigen, begann ich zu tun, was ich vorhatte.
Ich stellte mich vor den Spiegel, ordnete meine Haare, putzte mir die Zähne, und dann streifte ich die Träger des Nachthemds hinunter und entblößte die Brüste, die immer die Favoriten meines Körpers gewesen sind. Sie waren zwar nicht mehr wie damals (mit damals meine ich in meiner Jugend), aber trotzdem nicht ohne Reiz. Ich berührte sie an ihrem Ansatz, um sie etwas

zu heben, und bemerkte in der rechten einen seltsamen Knoten. Ich glaube, ich begann vor Angst zu schwitzen und wollte schon ohnmächtig werden, als es mir gelang, mich auf die WC-Schüssel zu setzen, wo ich die Träger wieder hochzog und die Keramikmuster an den Wänden zu studieren begann. Da dachte ich, vielleicht hätte ich mich geirrt, getraute mich aber nicht nachzuprüfen. Dann stellte ich mir die Beschaffenheit des Knotens und seine Größe vor (er war wie eine kleine Orange oder eine Mandarine) und tröstete mich mit dem Gedanken, vielleicht wachse er da schon seit vielen Jahren so langsam vor sich hin, daß ich es nicht einmal bemerkt hatte, denn noch nie vor dieser Auslandreise hatte ich mich getraut, meine Brüste auf diese Art zu berühren. Also könnte er noch viele weitere Jahre dort sein, und ich würde nie wieder meine Brüste berühren und auch nicht verreisen, um von nichts zu wissen, und vielleicht würde ich es vergessen und sehr alt werden, ehe der Knoten zu groß würde.
Nachdem es mir endlich gelungen war, mich etwas zu beruhigen, stellte ich mich wieder vor den Spiegel, streifte die Träger hinunter und betrachtete aufmerksam meine Brüste, ohne sie zu berühren, und dabei stellte ich fest, daß die rechte Warze leicht eingezogen war, als sauge eine innere Kraft sie an. Mein Gott, was hatte ich für eine Angst. Wieviel Angst hat doch in einem Menschenkörper Platz, vor allem in einem Frauenkörper, denn die Männer sind anders gemacht, mit weniger Komplikationen als wir, daher reisen sie und tun verbotene Dinge, ohne daß ihnen je etwas zustößt.

Lange Zeit blieb ich im Bad, ohne in Ohnmacht zu fallen, obwohl ich dafür eine gewisse Begabung habe, vor allem seit Elena, meine Antipodin, dem Alkohol und den Tabletten verfallen ist. Ich hatte einen seltsamen Gedanken, der vielleicht meiner Antipodin gehörte, die in diesem Augenblick in einem andern, dem meinen entgegengesetzten Hotel gewesen sein wird, zitternd vor Angst wie ich. Ich dachte, in den Hotelbadezimmern sei es relativ einfach, mit dem Wahnsinn einen Pakt zu schließen. Alles glänzt und ist so sauber, und alles hat so sanfte Kurven, daß der Wahnsinn über die Oberfläche der Dinge gleitet, ohne irgendwelchen Schaden zu nehmen. Außerdem ist es in den Badezimmern der teuren Hotels (bei den Pensionen ist es anders – in eine Pension zu gehen ist wie nach Hause zurückkehren) nicht kalt, selbst wenn man lange nackt ist.

Als mein Mann zurückkam, hatte ich schon dieses merkwürdige Abkommen geschlossen, das, wie ich meine, sicherlich eine Sache meiner Antipodin war, obwohl es mir guttat, und hatte mich mit offenen Augen hingelegt. Zuerst stellte ich mich schlafend, aber nachdem er mich bedrängte, gab ich nach, und wir machten es wie noch nie, viel besser als die ersten Male, wo wir zwar jünger waren, aber keine Ahnung hatten.

Daher macht es mir Angst, daß meine Töchter ins Ausland reisen und in Hotels gehen, vor allem Elena, mit diesem Mann, der sie in Dinge der Politik hineingezogen hat, von denen sie nichts versteht.

Elena schloß das Heft und steckte es wieder in die Nachttischschublade zu den restlichen und zum Bericht des Detektivs. Sie schwitzte stark und zitterte vor Hilflosigkeit oder Schrecken. So eng sie nur konnte, rollte sie sich im Bett zusammen, die Decke über sich, und wiederholte Mutti, Mutti, als wäre sie ein kleines Mädchen und eben aus einem Alptraum erwacht. Als das Zittern vorbei war, erinnerte sie sich wieder an die Geschichte vom Strand und von der Münze und brachte sie mit dem zufälligen Auffinden des Tagebuchs in den Tiefen des Schlafzimmers ihrer Mutter in Verbindung, obwohl das Tagebuch ein umgekehrter Schatz war, das Negativ eines Schatzes, aber es wäre ihre Sache, dieses Bild umzukehren, indem sie Hell zu Dunkel und Dunkel zu Hell machte, wie in diesem fotografischen Prozeß, der uns am Ende das wahre Abbild einer vergangenen Wirklichkeit zurückgibt, die zwar tot und vorbei ist, aber in der Lage, sich auf unser Leben, auf mein Leben auszuwirken, schloß sie.
Dann spielte sie mit der Möglichkeit, ins Bad zu gehen und vor dem Spiegel die Bewegungen ihrer Mutter zu reproduzieren, um zu sehen, ob sie fähig wäre, diesen Schrecken auf sich zu nehmen, der ihr hinterlassen war, als schwieriges Erbe, das sie verwalten und weitergeben müßte, um ihre Ursprünge nie zu vergessen, um sich ab und zu in einer Übung der Demut daran zu erinnern, daß ihr Badezimmer – so hell und gleich möbliert wie das eines Luxushotels – auf den Resten eines andern Badezimmers errichtet worden war, eines kaputten Badezimmers mit abblätternden Wänden wie

das einer Pension, in dem die sanitären Einrichtungen keinen andern Zweck hatten als den, benutzt zu werden.

Zweiter Teil

Ich beginne diese Seiten, von denen ich noch nicht weiß, wie ich sie nennen soll, mit dreiundvierzig Jahren, also kurz nach der Mitte dessen, was man als ein sehr langes Leben ansehen könnte.
Mehrere persönliche, in ihren Einzelheiten schwer zu beschreibende Vorkommnisse haben mich in letzter Zeit in die Lage versetzt, mein Dasein aktiv zu steuern. Ich stehe am Anfang von etwas, was ich noch nicht benennen kann, was aber auf den Eindruck hinausläuft, die Zügel meines Lebens in die Hand genommen zu haben. Zwar weiß ich noch nicht, wie sie zu lenken sind und welche Richtung ich sie einschlagen lasse, wenn ich sie einmal zu handhaben gelernt habe; und bei alldem packt mich auch noch ein Schwindel, dessen Auswirkungen sich in meinem Organismus konzentrieren, wo schon wieder verschiedene Symptome sichtbar werden, die verschwanden, als auch meine Haschischabhängigkeit plötzlich verschwand. Doch all das bedeutet einen sehr geringen Preis im Vergleich zu dem erzielten Gewinn, der noch unantastbar ist, so wie der Gewinn aus einem eben begonnenen Abenteuer unantastbar ist.
Ich schreibe diese ersten Zeilen meines Lebens in einem bequemen Ledersessel, in dem sich ein großer Teil des Daseins meiner Mutter abgespielt hat. Hinter mir an der Wand mißt eine Pendeluhr, die ebenfalls ihr gehörte, die Zeit, aber nicht die Zeit, die das Leben der Menschen bestimmt, sondern diejenige, die die Dauer

meines inneren Abenteuers, meiner Verwandlung regelt. Ich habe mir einen Packen kleine, mit Klammern zusammengeheftete Kladden gekauft, denen sehr ähnlich, die meine Mutter benutzte, um ein seltsames, unvollständiges Tagebuch zu führen, das mir nach ihrem Tod in die Hände kam.

Mein Leben verläuft angenehm zwischen der Lektüre ihres Tagebuchs und dem Abfassen des meinen. Und hier ist noch das merkwürdige Vergnügen zu erwähnen, das mir die von mir selbst bei einem Privatdetektiv in Auftrag gegebenen Berichte bereiten. Diesen Menschen, der nicht weiß, für wen er arbeitet, habe ich in Dienst genommen, damit er meinen Mann Enrique beschattet, aber sehr bald langweilten mich dessen kurze Liebesaffären und finanzielle Machenschaften, so daß ich kürzlich das Büro anrief – wir unterhalten uns nur telefonisch – und dem Detektiv auftrug, Enrique Acosta zu vergessen und seine Energien auf Elena Rincón, seine Frau, zu konzentrieren, auf mich also.

Ich gehe sehr selten aus dem Haus, aber ich mag es, wenn mir jemand sagt, was ich mache, wenn ich draußen bin. So rufe ich – nicht immer, aber an manchen von den Tagen, an denen ich spazieren oder einkaufen gehe – das Büro an, damit man mir folgt. Am nächsten Tag suche ich ein in der Nähe gemietetes Postschließfach auf und hole den Bericht ab, der dokumentiert, daß ich gemacht habe, was ich gemacht habe, und nichts anderes. Da ich den Detektiv beauftragt habe, sehr subjektiv zu sein, sagt er Dinge über mich, die ich nicht wußte, und das amüsiert mich nicht nur sehr,

sondern stellt mich wieder ein wenig her, artikuliert mich, gibt mir ein einheitliches, festes Bild meiner selbst zurück, denn jetzt sehe ich, daß mein vorheriges Unbehagen zu einem guten Teil daher rührte, daß ich mich als zerstückeltes Wesen wahrnahm, dessen Interessen verzettelt waren oder an mich nicht betreffenden Orten lagen. Vielleicht ist es mir unter anderem deshalb nie gelungen, zu einer angemessenen Verständigung mit meiner Tochter zu kommen, die in mir noch immer eine kalte Mutter sieht, nicht in der Lage, zum Kern ihrer Konflikte vorzudringen, und untauglich, um sie zu lieben. Das macht mir nichts aus; auch ich sah in meiner Mutter ein entferntes Wesen, und jetzt zeigt sich, daß ich sogar ihre Antipodin war. Die von der Pendeluhr, deren Ticktack mich beim Verfassen dieser Zeilen wiegt, markierte Zeit wird jedes einzelne von den geopferten Dingen wieder zurückerstatten, indem sie die Teile des Lebenspuzzles dort einfügt, von wo sie sich entfernten, als sein Bild in Stücke sprang.
Gestern ging ich ins Warenhaus El Corte Inglés und rief das Büro an, damit man mir folge. Heute morgen habe ich den Bericht abgeholt, der folgendermaßen lautet:

An dem für die Beschattung, über die ich nachstehend berichte, bezeichneten Tag verließ Elena Rincón ihr Haus um 17.20 Uhr. Sie trug Übergangskleider, aber keine Strümpfe – ein Detail, das mir auffiel, denn ich schaue immer ihre Beine an, da sie sie lange nicht enthaart hatte und die Behaarung schließlich eine beträchtliche Länge erreichte, vor allem am linken Bein und aus mir unbekannten Gründen. Ich gestehe, daß ich sogar dachte, sie könnte türkisches Blut haben, denn ich habe gehört, daß die Frauen dieses Landes ihre Behaarung, mit der die Natur sie ausgestattet hat, gern behalten, selbst wenn sie ihnen an Körperstellen wächst, deren Behaarung in der westlichen Welt als typisch männliches Attribut gilt.

Nun, wie gesagt, fielen mir ihre Beine auf, und während ich feststellte, daß sie keine Strümpfe trug, sah ich auch, daß sie sie enthaart hatte. Gleichsam ziellos spazierte sie zur Joaquín Costa und von dort zur Castellana hinunter, ohne daß sie in dieser ganzen Zeit irgend etwas von Interesse getan hätte; allerdings konnte man in ihrem allgemeinen Verhalten etwas Seltsames registrieren, ein verdächtiges Benehmen, als rechnete sie mit der Möglichkeit einer unerwünschten Begegnung, was sie in ihrer Gangart und in der Wahl der Straßen, die sie zu ihrem Endziel zu führen hatten, dem Corte Inglés im Azca-Komplex, immer wieder etwas zögern ließ. Natürlich ist das eine subjektive Einschätzung, aber darum geht es ja.

Im Corte Inglés konnte ich sie aufmerksamer beobachten, denn diese für große Ortschaften konzipierten Einkaufszentren erleichtern die Aufgabe eines Verfolgers sehr, da sie ihm die Möglichkeit bieten, sich unter die Menge zu mischen und sich der beschatteten Person zu nähern, ohne Argwohn zu erwecken. Außerdem hatte sich die genannte Elena beim Betreten des Warenhauses die Sonnenbrille abgenommen und damit die Augen bloßgelegt, die bekanntlich demjeni-

gen, der sie zu beobachten versteht, Absichten, Ängste und Wünsche verraten, welche die Mehrheit der Leute im allgemeinen nicht wahrnimmt. Ich muß gestehen, daß ich vor Jahren eine auf der Sehweise von fünf Kriminellen basierende Studie verfaßte und dabei nicht wenig gemeinsame Nenner jener trüben Blicke entdeckte, die die seltene Gelegenheit gehabt hatten, einem Verbrechen beizuwohnen, dem von den Inhabern dieser Augen begangenen nämlich. Ich spreche vom Thema also mit Sachkenntnis.
In Elena Rincóns Blick sah ich die charakteristische Trübheit dessen, der drauf und dran ist, eine Tat gegen sein eigenes Gewissen oder das Gewissen der Leute um ihn herum zu begehen. Zwar sind ihre Augenringe aus irgendeinem – möglicherweise kosmetischen – Grund wesentlich schwächer geworden, aber ihre Augen verfügen über eine Beweglichkeit, die sie zuvor nicht hatten. Ich dachte, vielleicht leide sie an diesem pathologischen Hang zum Entwenden von Gegenständen, wie sie in Geschäften dieser Art für das Publikum ausgestellt sind, denn zweifellos ist die Kleptomanie (wie auch die übermäßige Neigung zu gewissen Glücksspielen à la Bingo) eine bei Frauen ihrer Stellung weitverbreitete Krankheit. Aber obwohl ich mich ihr mehr als ratsam näherte, sah ich sie nichts in die Tasche stecken.
Danach ging sie in die Abteilung für Damenunterwäsche, und ich verlor sie die dreimal aus den Augen, als sie mit verschiedenen Wäschestücken die Probekabinen aufsuchte. Außerdem mußte ich mich abseits halten, da die Anwesenheit von Männern in diesen Berei-

chen der Warenhäuser nicht häufig ist. Sollte Elena Rincón argwöhnen (was ich nicht weiß), daß sie überwacht wird, so brauchte sie nur meine Anwesenheit an zwei verschiedenen Orten zu bemerken, um mich als Beschatter zu identifizieren. Ich muß also außerhalb ihres Gesichtsfeldes bleiben, soweit es mir immer möglich ist.

Dennoch ist es unwahrscheinlich, daß sie irgend etwas von dieser Intimwäsche stahl, da diese nicht nur magnetisiert ist (was einen Alarm in Gang setzt, sobald man mit ihr durch gewisse Kontrollen geht), sondern auch von den Verkäuferinnen kontrolliert wird, die sich strategisch am Eingang der Probekabinen plaziert haben.

Schließlich verließ Elena Rincón das Geschäft, ohne irgend etwas gekauft zu haben, was sie, neben ihrem allgemeinen Verhalten, vollends verdächtig macht, wenn auch auf eine im Moment noch nicht zu spezifizierende Art. Ich habe mich sogar gefragt, ob ihr Besuch im Warenhaus vielleicht dazu diente, einen heimlichen Kontakt im Zusammenhang mit dem verborgenen Teil der Geschäfte ihres Mannes zu knüpfen, einen Kontakt, der am Abend der Verfolgung aus was für Gründen auch immer nicht zustande kam. Auch darf die Möglichkeit nicht ausgeschlossen werden, daß das Endziel ihres Kommens und Gehens mit der Entgegennahme oder Aushändigung von Drogen oder von aus dem Drogenverkauf stammendem Geld zu tun haben könnte. Nicht selten dienen Geschäfte, wie Enrique Acosta sie tätigt, dazu, Geld aus dieser Art von Wirtschaftskriminalität zu waschen.

Die Ermittlung dieser Punkte würde, sollte mein Kunde das für notwendig halten, häufigere Verfolgungen als bisher und vielleicht eine Form von Zusatzrecherchen verlangen, die aufgrund ihrer Komplexität die Erhebung höherer als die für eine reine Überwachung gültigen Tarife erforderten.
Die Verfolgung wurde um 20.15 Uhr als abgeschlossen betrachtet, als die genannte Elena zu Fuß wieder nach Hause ging, ohne daß auf dem Heimweg irgend etwas Erwähnenswertes geschehen wäre, außer dem bereits genannten suchenden Verhalten, das man auch als Verdacht, überwacht zu werden, interpretieren könnte. Das ließ mich noch vorsichtiger werden und machte meine scheinbar routinehafte, einfache Aufgabe zu einer Arbeit voll kleiner, aber zahlreicher Schwierigkeiten.

Obwohl ich es mir fest vorgenommen hatte, habe ich seit mehreren Tagen nichts mehr in dieses Tagebuch geschrieben, und das gibt mir das seltsame Gefühl, nicht zu existieren. Ob es meiner Mutter ebenso ergangen ist? Seit ich es begann, hat mich der Gedanke ans Tagebuch wie ein Zwang beherrscht. Ich weiß, daß ein solches Tagebuch eine Art schematische Landkarte ist, wo die herausragendsten Merkmale des eigenen Lebens verzeichnet sind. Aber in meiner Vorstellung ist das Tagebuch das Leben selbst. Einmal habe ich gelesen, daß es Leute gibt, die die Darstellung des Territoriums (die Landkarte) für das Territorium halten; vielleicht ist es das, was mir widerfährt, vielleicht habe ich deshalb den Eindruck, in den letzten Tagen nicht existiert zu haben.
Doch dem war nicht so. Ich habe eine Hölle durchgemacht, der ich zwar zu entkommen versuche, wo sich aber ein Teil von mir, den ich nicht unter Kontrolle habe, festklammert. Nach dem Optimismus der ersten Zeilen dieses Tagebuchs, in denen ich dem seltsamen und angenehmen Gefühl Ausdruck gab, die Zügel meines Lebens in die Hand genommen zu haben, erlangte ich ein labiles Gleichgewicht, das ich vor sechs oder sieben Tagen wieder verlor. Enrique war zum Abendessen weggegangen, und ich blieb auf, um mir im Fernsehen einen Film anzuschauen. Da er mir sehr gut gefiel, beging ich während der Werbung den Fehler, mir einen Joint zu drehen, um ihn noch mehr ge-

nießen zu können. Anfänglich ging alles gut; der Film bekam ganz spezielle Konturen, und ich genoß dieses Gefühl intellektueller Kraft, die das Haschisch gibt, wenn man es einige Zeit nicht geraucht hat. Nach einer Weile begann ich jedoch, vielleicht wegen meiner Sitzhaltung, in der Brust eine starke Beklemmung zu spüren. Ich schrieb sie einer übermäßigen Gasansammlung im Bereich des Zwerchfells zu, wechselte aber meine Stellung, ohne daß dadurch der Druck nachgelassen hätte, der nun auch noch durch die Angst verstärkt wurde, keine Luft mehr zu bekommen. Ich trat auf den Balkon hinaus und atmete mit offenem Mund, doch die Luft war so dick-feucht und übersüß, daß sie nur schwer durch die Bronchien drang. Ich atmete, als hätten sich meine Lungen aufgelöst und wären meine Sekunden gezählt.

Ohne Rücksicht darauf, daß ich eben einen Joint geraucht hatte, griff ich zu einem Anxiolytikum, um mich zu beruhigen, und kurz darauf spürte ich, daß sich die Spannung in einer Ohnmacht auflösen würde. Glücklicherweise blieb mir genügend Zeit, um das Schlafzimmer zu erreichen, wo ich Augenblicke, bevor ich die Besinnung verlor, aufs Bett fiel. Zwei Stunden später erwachte ich schweißgebadet und mit einem schmerzhaften Aufruhr in den Därmen. Enrique war noch nicht zurück, und im Fernseher, den ich eingeschaltet gelassen hatte, lief ein Film in Originalversion. Ich ging ins Bad, konnte meinen Bauch aber nicht entleeren. Da kam mir in den Sinn, wie meine Mutter in ihrem Tagebuch diese Situation erwähnte, in der man sich entleeren muß, ohne es zu können, und die sie »verschlossene Kolik« nannte, und ich folgerte daraus, das sei das, was nun mir passiere. Ich brauchte dem Schmerz nur einen Namen zu geben, damit er ein wenig nachließ, und so schaffte ich es, ins Wohnzimmer zu gelangen, um den Fernseher auszuschalten und die Balkontür zu schließen. Dann zog ich mich aus und legte mich mit dem Gefühl unerträglicher Hilflosigkeit ins Bett. Ich dachte an Mercedes, meine Tochter, und an Enrique, meinen Mann, als wären sie zwei Teilstücke meines Lebens, die nun endgültig abgetrennt waren. Mein Dasein schien also verstümmelt und unnütz. Ich glaube, während der letzten zwanzig Jahre habe ich mich andauernd vor den Affekten geschützt, ohne zu beachten, daß jede einzelne dieser Schutzmaßnahmen eine Verstümmelung bedeutete. Irgendwo in meinem Körper setzte schlagartig Trauer ein, aber ich konnte nicht weinen. Da machte ich Licht, ergriff eins der Hefte meiner Mutter und stieß auf eine Passage, die mich ganz besonders bewegte, als wäre sie eigens für mich und diesen Abend geschrieben, denn sie lautete folgendermaßen:

Es ist viel über den menschlichen Körper geschrieben worden, ohne daß wir deswegen alles über seinen Ursprung oder seine Mechanismen wüßten. Manche sind sich nicht sicher, ob sie ihn als Kontinent oder als Insel definieren sollen, und das rührt daher, daß er so kompliziert ist wie die Kontinente und so einsam wie die Inseln. Er ist so alt, daß man ihn mit einem geschundenen Kontinent vergleichen könnte, der es geschafft hat, Vergletscherungen, Erdbeben und innere Eruptionen zu überdauern, die ihn für alles unbrauchbar gemacht haben, außer für die rein mechanischen Funktionen, die er halbherzig wiederholt. Ich betrachte meinen eigenen, nackt auf dem Bett liegenden Körper, und was sehe ich: ein feindliches Gebiet, das zum Bauch hin schadhaft wird; dort unten, zwischen den Beinen, erkenne ich ein krautiges Gestrüpp, unter dem sich ein Loch versteckt, eine Höhle, die manchmal zur Lust, manchmal zum Schmerz und immer zur Verzweiflung führt. Nahe meinem Blick liegt eine der Wüstenzonen des Kontinents, die wir Brust nennen. Die meine wird von einem geheimen Knoten bewohnt, der eine der Warzen in sich aufsaugt. Das habe ich noch niemandem gesagt. Und wenn wir grüben, uns zum Innern dieses Körpers durchschlügen, würden wir einige ebenfalls alte und derart spezialisierte Organe entdecken, daß nur ein einziges von ihnen zu versagen brauchte, um sie alle zugrunde zu richten. Wem gehört dieser Kontinent? Wer bewohnt ihn? Es bewohnen ihn der Schmerz und die Geister und die Angst, aber auch die Eingeweide, die ihn so kompliziert und einsam machen.

Nachdem ich diesen Absatz gelesen hatte, verwahrte ich das Heft in der Nachttischschublade und zündete mir eine Zigarette an, die mir gut schmeckte. Das war also der Körper, der, genau wie mein Gesicht, so sehr demjenigen meiner Mutter glich. Die Darmkrämpfe gingen vorüber, und allmählich entspannte ich mich, bis ich einschlief. Ich hörte Erique nicht nach Hause kommen.

Am nächsten Tag schien sich die verschlossene Kolik zu öffnen, und ich entleerte mich mühelos. Schon seit einigen Monaten gebärden sich meine Därme so: Entweder behalten sie zurück, oder sie explodieren. Aber selbst wenn sie explodieren, geben sie offenbar nicht alles her. Ich habe sogar gedacht, vielleicht hätte ich einen Knoten oder eine offene Wunde – kurz, eine Darmabsonderlichkeit –, die meinem Körper dieses unangenehme Gefühl gibt, einen Fremdkörper zu beherbergen.

Was Enrique betrifft, so glaube ich, er beginnt mich anders zu sehen, als hätte er die Verwandlung in meinem Innersten, die ich durchmache und deren Richtung ich nicht kenne, bemerkt. Ich glaube nicht, daß er sich Sorgen macht, denn er führt ein so intensives Privatleben, daß er diese Vorgänge häuslicher Natur vielleicht gar nicht zur Kenntnis nimmt. Damit will ich nicht sagen, er fühle nichts für mich, aber ich denke, seine Affekte sind auf anderes ausgerichtet (auf seine Arbeit, seine Geliebten, unsere Tochter), und in diesem ganzen Geflecht bleibt für mich nicht viel Raum. Aber auch ich, das stimmt, habe mich nicht groß um ihn gekümmert in den letzten Jahren, und so hat sich schließlich eine seltsame Art von Beziehung herausgebildet, eine Beziehung, die zwar nicht lästig ist, aber nutzlos als Stütze in den entscheidenden Momenten des Lebens. Obwohl wir nie davon gesprochen haben, glaube ich, daß er sich auf eine Schwangerschaft unserer Tochter Mercedes freut.

Seit es schönes Wetter ist, stehe ich immer zeitig auf, und manchmal frühstücken wir gemeinsam. Normalerweise sprechen wir nicht oder nur von praktischen Dingen, aber mitunter versucht er, andere Themen zur Sprache zu bringen, um zu sehen, ob er mein Geheimnis herauskriegt. Neulich schlug er mir eine Reise vor, aber ich gab weder eine positive noch eine negative Antwort. Immer wenn der Sommer im Anzug ist, wird er etwas nervös, da er sich verpflichtet fühlt, Dinge zu planen, die ihn nicht interessieren. Ich denke, er würde den Urlaub gern mit Mercedes und ihrem Mann verbringen, und deshalb wird ihm meine Gegenwart in diesen Zeiten zu einem Problem.

»Es dauert noch über zwei Monate bis zum Sommer«, sagte ich.

»Ich fürchte eben, dieses Jahr kann ich nicht eine einzige Woche Urlaub nehmen. Deshalb hab' ich dir vorgeschlagen, jetzt eine Reise zu machen.«

»Sei unbesorgt. Auch ich hab' keine große Lust, dieses Jahr wegzufahren.«

»Jedenfalls muß ich diese Reise, von der ich sprach, aus beruflichen Gründen machen. Wenn du mitkommst, können wir beide etwas ausspannen.«

»Ich weiß nicht ... Wohin geht's denn?«

»Nach Brüssel – ich muß ein paar Dinge regeln, werde aber Zeit für Ausflüge haben. Wir können nach Brügge und Antwerpen fahren und nach Holland. Das Wetter wird einigermaßen gut sein, allerdings feucht.«

»Ich weiß nicht, laß mich darüber nachdenken.«

Dann fragte ich ihn, was er denn dort zu tun habe, aber ich wurde nicht klug aus dem, was er mir sagte. Es ging darum, irgendwelche Provisionen einzuziehen oder

zu übergeben; überhaupt schien das Ganze etwas undurchsichtig, so daß ich eine aggressive Anwandlung nicht unterdrücken konnte und sagte:
»Nach dem wenigen, was ich in den Zeitungen lese und was ich von dir mitkriege, gehört die Korruption offenbar bereits zum System.«
Er ließ sich nicht aus der Ruhe bringen, tunkte den Toast in den Kaffee, biß ein Stück ab, kaute langsam und sagte dann:
»Was du Korruption nennst, gehört zu allen Systemen, zu allen. Ja wenn es die Korruption nicht gäbe, würden die Systeme gar nicht funktionieren. Wichtig ist, daß man weiß, in welchem Teil des Systems sie liegt, und daß man sie unter Kontrolle hat, damit sie nicht weiter ausufert, als es die einzelne Organisation verkraften kann. Aber grundsätzlich und von gewissen Verantwortlichkeitsebenen an ist Korruption nicht nur nicht schlecht, sondern sogar erwünscht. Das Gegenteil zu glauben ist bestenfalls naiv.«
Seine Behauptung empörte mich nicht, denn ich dachte an meinen eigenen Körper, der schließlich auch ein System ist, und mußte zugeben, daß wir uns dank der im Verdauungsapparat angesiedelten »Korruption«, also der Zersetzung der Nahrungsmittel, bewegen und gedeihen können, freilich auch sterben müssen. Dann dachte ich an die Krankheit, vor allem an die während vieler Jahre geheimgehaltene Krankheit meiner Mutter, welche dann sogar meinen Vater überlebte, der doch so gesund wirkte. Jene in ihrer Brust beheimatete Zersetzung befreite sie vielleicht von einer anderen, rascher zum Ende führenden Krankheit.

Irgendwo habe ich gelesen, daß ein richtig kranker Körper, genau wie eine richtig korrupte Gesellschaft (in Übereinstimmung mit Enrique), den Organismus vor sehr viel schwerwiegenderen parasitären Einfällen behütet. Ich weiß es nicht.

Vor einigen Tagen nahm ich ein Taxi, und der Fahrer sagte, er habe die Erinnerung verloren, nicht die Erinnerung an die Straßen oder an seine Familie, sondern an sich selbst.

»Ich weiß zwar«, sagte er, »daß ich ein Junge war wie alle, ein Heranwachsender und dann ein junger Mann, aber ich erinnere mich nicht mehr, wie ich war oder was ich damals über das Leben dachte.«

»Und was denken Sie jetzt?«

»Es ist nicht so, daß ich mich an die Dinge von jetzt nicht erinnern würde – ich habe keine Meinung. Ich mache eine Pechsträhne durch, und Sie, die Fahrgäste, helfen mir sehr, weil mich das Sprechen von dem befreit, was mir durch den Kopf geht. Seit zwei Wochen fühle ich mich besser, aber vorher hielt ich irgendwo den Wagen an und begann vor lauter Verzweiflung zu weinen. Immer saß meine Krawatte schief, und ich atmete mühsam, als fehlte mir eine Lunge. Der Arzt hat mir Tabletten zum Einschlafen gegeben, aber wenigstens atme ich jetzt anders.«

Neulich ging ich doch noch auf den Friedhof und rief den Detektiv an, damit er mir folge. Ich könnte ja erzählen, was ich machte, doch ich glaube, in seinem Bericht erzählt er es besser, so daß ich ihn hier abschreibe.

Am letzten Dienstag, dem 18., verließ Elena Rincón ihr Haus um 11.30 Uhr. Das Wetter war beinahe sommerlich, weshalb sie ein ziemlich leichtes Kleid in Ockertönen und mit V-Ausschnitt trug. Sie ging in eine Cafeteria in der Nähe ihres Hauses, trank an der Theke einen Kaffee und rauchte dazu eine Zigarette. Grundsätzlich sieht sie wieder besser aus: Ihre Augenringe sind schwächer geworden (obwohl sie auf der Straße weiterhin eine Sonnenbrille auf hat), und sie macht sich sorgfältiger zurecht als vorher. Damit will ich sagen, daß sie sich ein wenig die Lippen schminkt und ihre langen Haare gepflegter trägt. Normalerweise passen lange Haare nicht zu ihrem Alter, aber bei ihr scheinen sie ein Geheimnis heraufzubeschwören. Es ist merkwürdig – bis jetzt habe ich in dieser Frau bloß den Gegenstand einer professionellen Verfolgung gesehen, und plötzlich bekommt sie immer mehr eine Persönlichkeit, mit der ich nicht gerechnet hatte.
Jedenfalls nahm sie hierauf ein Taxi (sie besitzt zwar einen eigenen Wagen, benutzt ihn aber fast nie) und fuhr direkt zum Friedhof. Gemächlich schlenderte sie

durch die Alleen mit den besonnten Gräbern und blieb schließlich vor zwei Nischen stehen, wo, wie ich später feststellen konnte, die sterblichen Hüllen ihrer Eltern ruhen. Dort blieb sie zehn oder fünfzehn Minuten lang stehen, dann machte sie kehrt und spazierte zum Ausgang zurück. Es war nicht ganz einfach, mich verborgenzuhalten, da es ein ziemlich verlassener Teil ist, wo nie viele Leute herkommen.
Wieder nahm sie ein Taxi, das sie in der Nähe ihres Hauses absetzte, spazierte dann durch die Straßen und besah sich die Schaufenster. In einem früheren Bericht erwähnte ich die Möglichkeit, Elena Rincón könnte in einem der zweifelhaften Geschäfte ihres Mannes als Verbindungsfrau wirken; aber nun denke ich allmählich, sie ist einfach eine einsame, gelangweilte Frau, die aus dem Haus geht, um ihrer bedrückenden Wohnung zu entkommen. In ihrem Verhalten war nichts zu bemerken, was auf eine andere Möglichkeit hingewiesen hätte, obwohl anderseits zu sagen ist, daß es ein seltsames Verhalten war, denn sie kaufte nichts, traf sich mit niemandem und ging an keinen bestimmten Ort, ausgenommen der kurze Besuch auf dem Friedhof. Bevor sie in ihre Wohnung hinaufging, nahm sie in einer Bar einen Aperitif, und das war alles.

Der Bericht ist sehr kurz, da ich tatsächlich nichts Erwähnenswertes tat. Des Detektivs wegen spazierte ich so lange umher, um die Beträge, die ich ihm überweise, zu rechtfertigen und auch weil es ein angenehmes Gefühl ist, sich durch die Straßen zu bewegen und dabei zu wissen, daß jemand dazu verurteilt ist, einem zu folgen. Ich denke, wenn ich auf einem dieser Ausgänge ohnmächtig werde, wird mich mein Detektiv auffangen kommen und sich um mich kümmern, bis alles vorbei ist. Ich habe versucht, ihn zu sehen, um festzustellen, ob er zu meiner Vorstellung paßt, aber er verbirgt sich sehr geschickt. Auf dem Friedhof habe ich zwei-, dreimal den Kopf gewandt, aber niemand gesehen, der sich so verhielt, als beschatte er mich.

Da er jedoch in diesem Bericht seine Meinung über mich ein wenig geändert zu haben schien, rief ich ihn an.

»Ihr letzter Bericht ist sehr kurz«, beklagte ich mich.

»Das ist mir bewußt, aber das Ganze gab nicht mehr her. Sie machte genau das, was ich schrieb.«

»Wir haben den Eindruck bekommen, daß diese Frau Sie langsam anzieht, Sie sprechen anders von ihr.«

Einen Moment lang herrschte Schweigen, doch seine Reaktion ließ nicht auf sich warten.

»Möglich. Es ist nicht schwer, sich mit einer solchen Frau zu solidarisieren, vor allem wenn wir daran denken, was für eine Art Mann sie hat. Tatsächlich glaube ich nicht, daß sie etwas mit Enrique Acostas Geschäften zu tun hat. Ich nehme eher an, sie lebt fernab von allem, denn sie trifft sich nicht einmal mit ihrer Tochter.«

»Lassen Sie sich nicht täuschen, solche Leute sind für manche Überraschungen gut.«

»Muß ich wieder eine Verfolgung machen?« Dem Ton seiner Frage ließ sich unschwer eine inständige Bitte entnehmen.

»Im Moment nicht. Ich werde mich schon mit Ihnen in Verbindung setzen.«
Dieser Detektiv scheint einen Grad an Sensibilität zu haben, den ich mir bei einem Beruf wie dem seinen nie vorgestellt hätte. Ich habe über die Einsamkeit nachgedacht, die er mir zuschreibt, und das hat mich auf den Gedanken gebracht, daß mein Leben auf den ersten Blick tatsächlich keine Bezugspunkte aufweist. Mein Mann und alle andern Leute, die ich kenne, sind von einer Reihe von Dingen abhängig, mit denen sie sich identifizieren und die ihnen andauernd bescheinigen, wer sie sind. Was habe denn ich, das mir bescheinigen würde, was ich gewesen bin, was ich jetzt bin – falls ich überhaupt etwas bin? Ich habe dieses Tagebuch und das Haschisch, das ich nicht mehr zu rauchen versuche; vielleicht auch die Uhr und den Sessel. Was noch? Ich habe meine Mutter, die nach ihrem Tod einen an irgendeinem Punkt meines Verdauungsapparates angesiedelten Bereich bewohnt hat. Auch könnte ich, selbst wenn ich es etwas lächerlich finde, von meiner Antipodin sprechen, die vielleicht Elena heißt und Tochter der Antipodin meiner Mutter ist. Auch sie hatte nicht viele Bezugspunkte: den Alkohol, das Tagebuch und ihren Knoten. Was hat sie in ihren schlaflosen Nächten wohl mit ihrem Knoten gemacht? Welche Art von Beziehung mag sie zu ihm gehabt haben? Ich schlage jetzt eins ihrer Tagebuchhefte auf und lese, wie immer aufs Geratewohl:

Von allen bitteren Früchten des Lebens ist der Tod bei weitem nicht die bitterste. Ungut ist es, wenn man von sich selbst entfernt lebt, nämlich so, wie ich seit Jahren lebe, seit ich in diese Stadt gezogen bin, die nicht existiert und die dennoch Madrid heißt. Madrid existiert also nicht, es ist ein von einer Krankheit, von Mitteln, die wir zur Bekämpfung einer Krankheit einnehmen, ausgelöster Traum. Alle, die wir in Madrid leben, existieren nicht. Das hindert uns nicht daran, herumzugehen, Obst zu kaufen oder ein Sparheft zu eröffnen. Gestern ging ich zur López de Hoyos hinunter und machte einen Spaziergang durch die Calle Marcenado, deren Belag aufgerissen ist, als litte sie an irgendeiner Allergie. Ich habe zwei Allergien, die nicht sehr lästig sind; trotzdem habe ich mit ihnen einen Pakt geschlossen, und nun vertragen wir uns gut. Aber mein schlechter Mundgeruch will nicht verschwinden, und ich habe bereits den Appetit verloren oder die Lust am Essen, weil mir das Essen schlecht schmeckt. Über all diesen Dingen meines Körpers vernachlässige ich allmählich ein wenig die Wohnung, und das bereitet mir Sorgen. Seit vierzehn Tagen habe ich die Kacheln im Bad nicht mehr gereinigt, und manchmal denke ich, die Entwicklung meines Knotens hängt vom Zustand meiner Wohnung ab. Wenn die Wohnung schmutzig ist, wächst der Knoten. Reinige ich sie aber, scheint er zurückzugehen. In einem *Buch der guten Sitten* habe ich gelesen, daß es Frauen gibt, die nach und nach die Instandhaltung ihres Haushaltes vernachlässigen und auf die Straße gehen, wo sie Männer suchen, die sie nicht kennen, um mit ihnen in geheime, schmutzige Hotels zu gehen. Deshalb wollte ich meinen Töchtern, Elena vor allem, den Geschmack am Haushalt

vermitteln, aber ich glaube, es ist mir nicht recht gelungen.
Von Elena weiß ich noch, wie sie mir als kleines Mädchen einen Traum erzählte. Sie hatte geträumt, wir seien am Strand und sie grabe ein Loch, in dem sie eine Münze finde. Sie wußte sehr genau, daß sie sich in einem Traum befand, doch die Münze war so hart und wirklich, daß sie dachte, wenn sie sie ganz fest in ihre rechte Hand drücke, würde sie sie beim Erwachen darin vorfinden. Natürlich war sie nicht da. Als wir dann am selben Morgen zum Strand hinuntergingen, versteckte ich eine Münze im Sand und sagte zu meiner Tochter: Warum gräbst du nicht hier, vielleicht findest du die Münze aus dem Traum? Sie grub, fand sie und erschrak. Was für ein Leben. Jetzt will ich die Badezimmerkacheln reinigen, denn später werde ich dazu keine Lust mehr haben.

Nach der Lektüre dieses Kapitels bin ich vom Stuhl meiner Mutter aufgestanden und auf den Balkon hinausgegangen. Da meine Wohnung hochgelegen ist, habe ich die Stadt gesehen, als betrachte ich einen liegenden Körper. Diese Stadt ist ein sichtbarer Körper, aber die Sichtbarkeit ist nicht unbedingt ein Kennzeichen des Wirklichen. Vielleicht gibt es sie nicht und gibt es uns nicht, so wie es auch jenen Schatz nicht gab, den ich am Strand gefunden hatte. Ich weiß noch nicht, ob mich diese Enthüllung traurig machen oder erregen soll, denn wenn es auch zutrifft, daß jener Fund ein Schwindel war, so trifft es doch nicht weniger zu, daß jemand, an dem die eigene Mutter einen

Traum von solcher Bedeutung Wirklichkeit werden ließ, dazu verpflichtet ist, nach einem andersgearteten Schicksal zu suchen.

Täglich, wenn ich das Schlafzimmer in Ordnung bringe, sehe ich im gegenüberliegenden Haus eine Frau, die sich aus dem Fenster lehnt, um wie wild das Fensterbrett zu schrubben. Das scheint unfaßbar, aber sie führt diese absurde Handlung jeden Tag zur selben Stunde aus, als hänge ihr Leben davon ab. Und sicherlich hängt es davon ab, denn vielleicht denkt sie, wenn sie sich ihrer Trägheit überläßt, wird sie auf der Straße enden und Männer suchen, die sie nicht kennt. Auch ich habe unter derartigen Obsessionen gelitten, aber ich habe mich von ihnen befreit, trotz aller Bemühungen meiner Mutter. Und vielleicht habe ich, als ich mich von ihnen befreite, meine Identität verloren, denn all diesen Reinigungsritualen wohnt die Möglichkeit inne, man selbst zu sein. Aber meine Mutter hat mir nicht nur das weitergegeben, denn gleichzeitig hat sie einen Traum meiner Kindheit Wirklichkeit werden lassen und mir eine Antipodin verschafft, die am andern Ende der Welt, wie ich, hin und her gerissen ist, ob sie sich der sogenannten Wirklichkeit anpassen oder eine eigene Wirklichkeit errichten soll, in die zurückgezogen sie leben kann. Mit andern Worten: Meine Mutter hat mir den engen Gang und die schäbigen Zimmer gezeigt, in denen mein Leben zu verlaufen hätte, aber gleichzeitig hat sie mir eine Welt gegeben, um dieses Eingeschlossensein ertragen zu können oder es in tausend Stücke explodieren zu lassen. In einer trüben Mischung gab sie mir zugleich al-

les Gute und alles Schlechte, aber sie hinterließ mir ihren Sessel und ihre Uhr; den Sessel, damit ich mich hineinsetze, um die Mischung zu entwirren, und die Uhr, um den Rhythmus der Verwandlung zu messen.
Es ist zwölf. Ich habe einen Kaffee getrunken, der mir schlecht bekommen ist, und nun ist mir übel. Ich werde ein wenig die Küche aufräumen.

Seit mehreren Tagen habe ich kein Haschisch mehr geraucht, und die Wirklichkeit zeigt allmählich einige seltsame Schattierungen. Die Möbel in meiner Wohnung, normalerweise ohne Konturen, haben einen ziemlich beunruhigenden Grad an Körperlichkeit gewonnen, will sagen, ich trete zu ihnen und zu allem andern in meiner Wohnung so in Beziehung, als hätte ich mit diesen Bereichen nichts gemein. Vorher brauchte ich, um ein solches Fremdheitsgefühl zu erreichen, Haschisch, aber seit ich darauf verzichte, hat sich in mir nach und nach etwas verändert. Ich schaue das Wohnzimmer an und erkenne nur zwei Gegenstände als mir gehörig: den Sessel und die Uhr. Es ist, als hätte uns der Zufall provisorisch hier deponiert, als wäre diese Wohnung ein Wartesaal, wo wir verweilen müssen, während wir uns darauf vorbereiten, unseren definitiven Platz einzunehmen. An manchen Tagen wühle ich mit der Neugier eines ungebetenen Gastes in Schränken und Möbelstücken herum. Zum andern – und ebenfalls seit ich zu rauchen aufgehört habe – haben sich meine Träume vervielfacht. Ich träume viel und merkwürdig intensiv, aber es tut mir gut. Anscheinend ordnen die Träume, an die ich mich zu erinnern vermag – selbst wenn sie eine schmerzliche Komponente einschließen –, einen unsichtbaren Raum, in dem ein Teil von mir wohnt.
Dieses Fremdheitsgefühl erstreckt sich auch auf Enrique, den ich wie einen liebenswürdigen, aber entfern-

ten Gastgeber sehe, so daß es mir vorkommt, als lebte ich in einer Wohnung, die nicht mir gehört, und mit einem Mann, der nicht mein Ehemann ist. Das zu sagen, vor allem aber, es hinzuschreiben, macht mir etwas Angst, denn es bedeutet, zu akzeptieren, daß ich niemandem und nichts gehöre und daß nichts mir gehört, ausgenommen die Uhr und der Sessel. Damit wäre ich nichts weiter als ein Gespenst, vielleicht das Gespenst meiner Mutter, die sich weigert, diese Welt gänzlich zu verlassen, und sich durch mich an den materiellen Dingen festklammert, zu denen sie zu Lebzeiten die stärkste Beziehung hatte. Das muß die Einsamkeit sein, von der wir so viel gesprochen und gelesen haben, ohne auch nur erahnen zu können, welches ihre moralischen Dimensionen sind. Das also war die Einsamkeit: sich plötzlich auf der Welt zu finden, als wäre man soeben von einem andern Planeten gekommen, ohne zu wissen, weshalb man von ihm verstoßen wurde. Zwei Dinge hat man mitnehmen dürfen (in meinem Fall den Sessel und die Uhr), die man nun auf dem Buckel tragen muß wie einen Fluch, bis man einen Ort findet, wo man, ausgehend von diesen Gegenständen und der unklaren Erinnerung an die Welt, aus der man kommt, sein Leben wiederherstellen muß. Die Einsamkeit ist eine Amputation – unsichtbar, aber so wirkungsvoll, als wären einem Gesicht und Gehör genommen und man müßte nun, abgeschieden von allen äußeren Wahrnehmungen, von allen Bezugspunkten, nur mit dem Tastgefühl und der Erinnerung, die Welt rekonstruieren, in der man zu wohnen hat und die einen be-

wohnt. Was war daran Literarisches, was Vergnügliches? Warum gefiel es uns so sehr?
Hier angekommen, habe ich mir etwas Whisky eingegossen, um meine Sinne zu trüben, denn beim Überlesen der letzten Zeilen über die Einsamkeit habe ich Angst gespürt und vielleicht etwas Selbstmitleid. Stellen wir uns jemanden vor, der sich aus lauter Angst vor sich selbst nicht ansehen kann und der andauernd vor sich auf der Flucht ist, wie einer, der davonläuft, um seinen Schatten loszuwerden.
Vor zwei oder drei Tagen traf ich meinen Bruder. Ich rief ihn an, weil ich mich vergewissern wollte, daß es ihn tatsächlich gab und daß er mich wiedererkennen könnte, um mir so einen Platz im Geflecht der Verbindungen und Interessen zuzuweisen, die die Menschheit zusammenhalten. Es gab ihn, und er erkannte mich wieder. Wir verabredeten uns für den frühen Abend zum Kaffee in einer Cafeteria in der Nähe meines Hauses; zuvor benachrichtigte ich meinen Detektiv, damit er mir folge.
Auf der Caféterrasse trank ich einen Kaffee, und Juan bestellte einen Tee mit Zitrone. Er schaute mich ein wenig besorgt an, als wäre etwas los mit mir, oder vielleicht auch ängstlich, als trüge er eine gewisse Verantwortung für mein Leben.
»Dir geht's nicht gut, was?« fragte er sogleich.
»Das ist es nicht.« Ich versuchte, aufrichtig, aber beruhigend zu sein. »Es ist nicht so, daß es mir nicht gut geht – es geht mir seltsam. Sähe ich mich von außen und würde ich bloß die äußeren Umstände berücksichtigen, so müßte ich sagen, daß die Dinge vernünf-

tig laufen, aber ich fühle mich ihnen gar nicht mehr verbunden. Enrique und ich sind uns schon lange entfremdet, und was meine Tochter betrifft – was soll ich da sagen. Ich glaube, ich bin eine kalte Mutter gewesen, und nun präsentiert sie mir die Rechnung. Früher hatte ich berufliche und politische Interessen, aber unmerklich habe ich sie aus den Augen verloren. Nun, wir alle haben eine Welt, zu der wir in Beziehung treten; die meine ist offenbar geräuschlos in sich zusammengefallen, so daß, als ich es merkte, schon nichts mehr aufgefangen werden konnte.«

Ich glaube, mein Bekenntnis brachte Juan in eine sehr peinliche Lage, denn er wurde äußerst passiv, als wollte er betonen, daß ihn meine Geschichte nichts anging und daß er über sie nur gerade mit derjenigen Beteiligung zu sprechen bereit war, die er auch für eine Unterhaltung übers Wetter aufbrächte. Aber diese Unbeteiligtheit konnte er doch nicht die ganze Zeit über aufrechterhalten.

»Ich habe dich nie richtig verstanden, Elena«, sagte er. »Und deinen Mann auch nicht. Aber ich erinnere mich, daß ich euch einmal sehr idealisiert habe. Ihr habt für mich das Höchste dargestellt, was man im Leben sein kann. Das war vor vielen Jahren, als man euch zu Hause kritisierte, weil ihr euch in die Politik eingemischt habt. Na, besser, ich spreche nicht davon. Aber weißt du, ich verstehe dich wirklich nicht. Du hast immer gehabt, was du wolltest: als du jung warst, die Revolution, jetzt das Geld. Worüber beklagst du dich?«

Die Aggressivität meines Bruders überraschte mich.

Man weiß ja nie, was man für die andern vorstellt und wie man unversehens Zuneigung verspielen oder gewinnen kann. Jedenfalls schien er mein Gefühl von Weltabgerücktheit zu bestätigen. Meine Einsamkeit. Erst nach einer Weile antwortete ich.
»Das ist keine Klage, Juan. Zwar haben die Dinge aufgehört, mich zu interessieren, aber willentlich habe ich nichts dazu beigetragen. Ich fühle mich allein und dachte, ich könnte es dir sagen. Keine Angst, ich verlange nichts von dir.«
»Ich weiß überhaupt nicht, was das heißt, sich allein zu fühlen oder daß dich die Dinge nicht mehr interessieren, denn weder habe ich deine wirtschaftliche Stellung erreicht noch soviel freie Zeit gehabt, wie du sie hast. Ich denke, du beobachtest zuviel dich selbst. Würdest du den Vorgängen um dich herum mehr Aufmerksamkeit schenken, hättest du gar keine Zeit, unter all diesen Dingen zu leiden. Vorhin hast du gesagt, du seist eine kalte Mutter gewesen. Weshalb machst du das nicht wieder gut? Du siehst Mercedes kaum, und jetzt braucht sie dich sicherlich mehr denn als kleines Mädchen.«
»Warum?«
Juan schaute mich verdrossen an, als müßte er mir etwas Offenkundiges erklären, und sagte:
»Unter diesen Umständen bist du sicher auch die letzte, die es erfährt – deine Tochter ist schwanger.«
Ich brauchte einige Sekunden, um die Bedeutung dieses Satzes zu begreifen, aber sowie ich sie begriff, begann ich still zu weinen, als wäre das ein Automatismus, an dem sich nur die Augen beteiligten. Ich weiß

nicht, was diese Regung zu bedeuten hatte, aber ich darf sagen, daß sie eine der intensivsten meines Lebens war. Glücklicherweise hatte ich die Sonnenbrille auf, und ich glaube, es gelang mir sogar, die Tränen zu verstecken. Seltsam – ich erinnerte mich daran, daß mich von irgendwoher mein Detektiv beobachtete, und dachte, ich will nicht, daß er mich weinen sieht.

»Danke, daß du's mir gesagt hast, Juan«, brachte ich endlich hervor.

Eine Weile redeten wir über neutrale Dinge, und Juan wurde netter zu mir. Er entschuldigte sich zwar nicht gerade, aber in seiner Art zu reden spürte ich einen entschuldigenden Ton. Plötzlich fragte ich:

»Findest du, ich gleiche Mama?«

»Physisch ja, natürlich, ihr seid identisch, vor allem wenn du die Haare hochgesteckt hast wie heute. Aber charakterlich glaube ich nicht, daß ihr irgend etwas gemeinsam habt, Mama war sehr konservativ. Ihr habt euch deswegen oft gestritten.«

»Ich glaube, Mama neigte deshalb so dazu, an ihren Dingen, ihren Ritualen und Gewohnheiten festzuhalten, weil sie sehr einsam war und diese fixen Bezugspunkte brauchte, um nicht wahnsinnig zu werden.«

»Schau, Elena, ich gehöre zur arbeitenden Bevölkerung und habe keinen Zugang zu so tiefschürfenden Überlegungen. Mama hatte den Charakter, den sie hatte, so wie du deinen hast und ich meinen. Sie führte das Leben einer Frau ihrer Zeit, und solche wie sie gibt es zwei Millionen weitere.«

Juan war wieder aggressiv geworden, so daß ich das Gespräch auf Unwesentliches lenkte, und kurz danach verabschiedeten wir uns. Er gab mir einen sehr zärtlichen Kuß und drückte mir gleichzeitig die Schulter, als fordere er mich auf, Willensstärke zu zeigen.

Eigentlich hatte ich nach Hause gehen wollen, aber der Gedanke an die Schwangerschaft meiner Tochter ging mir nicht aus dem Kopf, und ich fürchtete, sobald ich in den vier Wänden meines Wohnzimmers allein wäre, bekäme ich einen nicht zu bezähmenden Weinanfall. Außerdem kam mir wieder in den Sinn, daß mir ein Detektiv folgte, und ich beschloß, ihm eine Befriedigung zu verschaffen. In der Nähe meines Hauses befindet sich ein Bingosaal. Ich steuerte darauf zu, um eine Weile dort zu sein und seinen Verdacht zu bestärken. Vor allem aber wollte ich an irgend etwas anderes als an meine Familie denken, denn allmählich hatten sich ausgesprochene Haßgefühle gegen Enrique eingestellt, weil er mir nichts von Mercedes' Schwangerschaft gesagt hatte.

Als ich aber meinen Fuß in den Bingo setzte und die ganze Einsamkeit in jedem und jeder der Spieler und Spielerinnen sah, stürzte ich wieder hinaus, denn das Ganze kam mir vor wie ein Spiegel, in dem sich anzuschauen unerträglich war. Ich gelangte in einem Zustand unangenehmer Erregung und mit einem diffusen Unwohlsein im Magen nach Hause. Das Gefühl, etwas im Darm zu haben, was sich weigerte, herauszukommen, ausgestoßen zu werden, verstärkte sich. Ohne Ergebnis ging ich auf die Toilette.

Ich ließ mich im Sessel meiner Mutter nieder und dachte an meine Tochter, an meine schwangere Tochter. Das Mädchen, das in meinem Bauch, in meinen

Armen gewesen war, schickte sich nun an, die Kette zu verlängern, obwohl ich nicht wußte, wohin, in welche Richtung. Das ist das Leben, dachte ich, das war das Leben. Es ist nichts weiter als das: geboren werden, sich fortpflanzen und sterben, manchmal auch wachsen. Und dazwischen ein leerer Raum, eine tote Zeit, ein Schrecken, an den wir uns nicht einmal erinnern.

Aus dieser Perspektive ging das Gefühl der Verärgerung über Enrique und Mercedes, weil sie mir die Neuigkeit verschwiegen hatten, zurück, bis es ganz verschwand. Eigentlich erschien mir das wie eine Erbärmlichkeit, die denjenigen, die sie auf dem Gewissen hatten, mehr Abbruch tat als mir, so daß ich Enrique, als er kam, nichts sagte, sondern sogar nett zu ihm war. Die Angelegenheit setzte mir nicht weiter zu, so, als wäre ich tatsächlich eine andere, obwohl ich aus irgendeinem Grund den Schein, die Mutter meiner Tochter zu sein, aufrechterhielt.

Heute vormittag habe ich den Bericht des Detektivs abgeholt. Es ist amüsant, wie er einiges richtigstellt – so stimmt es beispielsweise, daß ich Whisky und nicht Kaffee bestellt habe. Nun, er lautet so:

Elena Rincón hat ein Leiden, das sie aufzehrt. Bei diesen Worten stütze ich mich darauf, daß sie nie gleich aussieht. Manchmal geht es ihr gut und manchmal nicht, als litte sie an einer Dauerkrankheit, die sich einige Tage Ruhe gönnt. Heute hat sie schlecht ausgesehen, obwohl ich damit nicht sagen will, sie sei nicht attraktiv gewesen – im Gegenteil, diese Veränderung

ihrer Züge verleiht ihrem Gesicht einen geheimnisvollen Anstrich. Sie hatte die Haare hochgesteckt und sah jünger aus.
Um neunzehn Uhr ging sie aus dem Haus und spazierte zu einer Cafeteria mit Tischen auf der Straße. Sie setzte sich an einen von ihnen, als erwartete sie noch jemanden, und tatsächlich kam nach kurzer Zeit ein Mann von etwa fünfunddreißig Jahren, mit dem sie Küsse austauschte und der sich neben sie setzte. Ihr wurde ein Whisky serviert und dem andern ein Tee.
Ich mußte die Szene aus der Ferne beobachten, denn es waren nicht viele Leute dort, und ich gerate lieber nicht in Elena Rincóns Gesichtsfeld, aus Gründen, die ich schon früher angeführt habe. Aber ich habe ein Polaroidfoto gemacht, das ich beilege, falls es meinem Kunden dienlich sein sollte. Die Gestalten sind etwas weit entfernt, aber dank des Lichteinfalls kann man ihre Gesichter erkennen.
Ich weiß nicht, wer dieser Mann sein mochte, aber ich kann festhalten, daß er Elena Rincón verbal mißhandelte, denn irgendwann konnte diese die Tränen nicht mehr zurückhalten. Ich hatte den Eindruck, sie fühle sich in die Enge getrieben, als wollte man sie erpressen. Vielleicht ist es so, möglicherweise holt man Informationen über ihren Mann aus ihr heraus und gibt im Gegenzug dazu etwas nicht preis, was sie beschämt. Ich sage das, weil jener Typ absolut ein Polizist sein konnte. Er war angezogen wie ein Polizist, sprach wie ein Polizist und schaute Elena, Elena Rincón, an wie ein Polizist.

Eineinviertel Stunden später verabschiedeten sie sich. Die Abschiedsküsse waren nicht die eines Polizisten, aber manchmal paßt nicht alles so ins Bild, wie man gern möchte. Ich dachte, das Leiden dieser Frau sei vielleicht eine Obsession, denn in ihrer Art, zu gehen und die Arme zu bewegen, zeigt sich der Versuch, etwas Beunruhigendes loszuwerden.
Vielleicht ist sie deshalb zum Bingo gegangen, um sich von ihrer ursprünglichen Obsession abzulenken. Oder vielleicht hat sie in ihrer Spielleidenschaft außerordentliche Schulden gemacht, die sie jetzt nicht begleichen kann. Möglicherweise hat sie deshalb, mit einer bei einer Spielsüchtigen wirklich bemerkenswerten Willensanstrengung, das Lokal verlassen, bevor sie auch nur an einem Tisch Platz genommen hatte.
Danach ging sie zu Fuß nach Hause, mit sorgenvollem Gesicht, wobei Momente der Gelassenheit mit solchen nervöser Erregung wechselten. Diese Feinheiten stellen wir Detektive an der Art zu gehen fest, obwohl die meisten Leute sie nicht wahrnehmen.
Als sie in ihre Haustür trat, wurde es Nacht. Es war fast neun Uhr. Ich bitte darum, mir künftig zu sagen, ob ich einfache Verfolgungen machen oder versuchen soll, Gespräche wie das beschriebene aufzunehmen. Der Tarif ist verschieden.

Ich glaube, dieser Bericht hat mir bisher am besten gefallen, und habe den Eindruck, der Mann würde sich meiner annehmen, sollte er mich in einer schwierigen Lage antreffen. Das beigefügte Polaroidfoto ist schrecklich, da Juan tatsächlich ein Polizist sein könnte, der Informationen aus mir herauszuholen versucht. Nichts weist uns darauf als Geschwister aus, nicht einmal als zwei Leute, die einen gemeinsamen Gefühlsbereich hatten. Was für ein Leben.

Gestern besuchte ich meine Tochter. Naiverweise hatte ich angenommen, ich wäre in der Lage, mich aus ihrer Schwangerschaft herauszuhalten, aber seit mir mein Bruder die Nachricht mitgeteilt hatte, wurde die Vorstellung davon immer dominierender, wie eine Obsession, so daß ich schließlich nicht mehr fähig war, an irgend etwas anderes zu denken. Ein übers andere Mal fragte ich mich, warum sie es mir nicht gesagt hatte, und gab mir die Antwort in Form von Gemütszuständen: Bald war ich traurig, bald wütend, und manchmal dachte ich auf eine Weise daran, als ginge mich alles nichts an. Aber natürlich geht es mich etwas an, ja doch, denn vielleicht ist es das letzte der Ereignisse, die zu meiner Geschichte gehören – oder zu meiner Vorgeschichte, falls es stimmt, daß ich dabei bin, eine andere zu werden. Ich weiß nicht, ich sehe mich etwas verworren, und in dieser Verworrenheit ist von allem ein wenig: Unruhe, Angst, Widerwille, Schwindel, aber auch Neugier und ein bißchen zufälliger Optimismus, was meine Zukunft betrifft. Einerseits scheint es offensichtlich, daß ich nicht mehr zu diesem Ganzen von sich überschneidenden oder miteinander verknüpften Affekten gehöre, aus denen das Familiengewebe besteht, aber anderseits spüre ich manchmal, daß dieses Gewebe der einzige Ort ist, wo das Leben, mein Leben noch möglich wäre.
Daß meine Tochter Mutter werden wird und vor allem daß sie mich an einem solchen Ereignis nicht teilneh-

men lassen will, weist mir gewissermaßen einen Platz außerhalb der Welt zu, einen Ort, wo der Schrei nicht zu hören ist und die Tränen nichts erweichen können. Ich denke freilich auch, wenn sich meine Verwandlung vollzieht, werden meine Tochter und ich durch einen unsichtbaren Faden miteinander verbunden bleiben, einen organischen Faden, dank dessen sich vielleicht ein neues Gewebe spinnen kann, in dem jede von uns im Verlauf der Jahre einen bestimmten Platz einnehmen wird.

Nun, jedenfalls trat ich auf die Straße, um etwas Bestimmtes zu tun, und kurz darauf stellte ich fest, daß ich in der Nähe ihres Hauses herumstrich. Da wurde mir klar, daß ich einzig mit dem Vorhaben hinausgegangen war, sie zu besuchen. Schon in der Nähe ihrer Haustür, überlegte ich mir, ob ich zuerst anrufen solle, um meinen Besuch anzukündigen, aber ich fürchtete, sie würde versuchen, mir unter irgendeinem Vorwand auszuweichen, so daß ich kurzerhand hinaufging.

Sie machte selbst auf, und ich sah sogleich, daß ihr mein Kommen unangenehm war. Niemand sonst befand sich in der Wohnung, denn ihr Mann war bereits zur Arbeit und die Putzfrau soeben gegangen. Diskret schaute ich auf ihren Bauch, doch es war noch nichts zu bemerken. Sie sah hübsch aus; immer schon war sie hübscher als ich, trotz der athletischen Konstitution ihrer Schultern, die sie mit der Art Kleider, die sie trägt, geschickt kaschiert.

Der Fernseher lief, und sie stellte ihn nicht einmal etwas leiser, damit wir uns hätten unterhalten können.

Ehrlich gesagt, spürte ich, als ich so auf diesem Sofa saß, vor dem Fernseher und zwischen protzigen Möbeln, die einen von meinen eigenen Interessen denkbar weit entfernten Lebensstil verkörpern, einen Stich der Beklemmung. Ich hatte den Eindruck, all das schon irgendwo gesehen zu haben – vielleicht in mir selbst – und daß es nirgendshin führte, nirgendshin. Ich fühlte mich unendlich müde, müde zu leben und müde, am Vorbeiziehen der Generationen, an der Abfolge der Jahre, der Jahreszeiten und der Tage teilnehmen zu müssen. Auf einmal wurde ich sehr traurig und begann zu weinen.

Mercedes versuchte mich zu trösten, ohne dabei einen Anklang von Verärgerung zu verbergen.

»Warum hast du's mir nicht gesagt?« fragte ich schließlich.

»Ich weiß es nicht – wir sehen uns selten, ich hatte keine Gelegenheit, es dir zu erzählen.«

Ich stellte fest, daß ich die nötigen Waffen in den Händen hatte, um sie zu beschuldigen und so einen moralischen Sieg über sie und ihren Vater zu erringen, aber ich hatte keine Lust dazu, denn ich spürte, daß auch in der Szene, die wir jetzt spielten, ein Element von Wiederholung, von Nachahmung lag, so beängstigend wie das Vorbeiziehen der Generationen oder die Abfolge der Tage.

Wir konnten uns kaum weiterunterhalten, vereinbarten aber, uns in einer oder zwei Wochen zu sehen, wenn wir beide etwas ruhiger wären. Ich denke, ich werde sie in den nächsten Tagen anrufen und sie an einen neutralen Ort zum Mittagessen einladen, um zu

sehen, ob sie fähig ist, mich um Hilfe zu bitten, mich um meinen Rat anzugehen. Bei einer solchen Gelegenheit möchte ich gern das Gefühl haben, nützlich zu sein.
Heute abend muß ich mich endlich entscheiden, ob ich diese Reise machen soll oder nicht, die mir Enrique vor einigen Tagen vorgeschlagen hat.

Schön, ich bin also in Brüssel, mit Enrique. Am Ende habe ich mich doch dazu entschlossen, diese Reise zu machen, um zu sehen, ob sich mit dem Wechsel der Kulissen, in denen sich mein Leben abspielt, auch das Gefühl ändert, jemand anders zu sein. Gleichzeitig dachte ich, vielleicht wäre dieses Ausbrechen die letzte Chance, die Enrique und ich uns gäben, um miteinander allein zu sein und darüber zu sprechen, was in letzter Zeit mit uns geschehen ist.
Nun, diese Aussichten verflogen schon auf der Reise oder wurden zumindest gedämpft. Im Flugzeug fühlte ich mich wie ein Gepäckstück, das von einem Ort an einen andern transportiert wird, ohne daß ich über der Veränderung irgendeine Regung verspürt hätte. Enrique las ununterbrochen Magazine und Zeitungen, während ich aus dem Fenster schaute und an den Knoten dachte, der sich in der Gebärmutter meiner Tochter eingenistet hatte und nun mit derselben Willenlosigkeit dem Leben entgegenwachsen würde, mit der ich nicht so sehr dem Tod als der Möglichkeit, eine andere zu werden, entgegenwuchs. Plötzlich dachte ich an all die Knoten, die anscheinend mein Leben bestimmen: der meiner Mutter, jetzt der meiner Tochter, aber auch der in meinem Bauch, denn das Gefühl, im Darm einen Gegenstand zu haben, der sich weigert, mit den Resten der Verdauung ausgestoßen zu werden, wird seit einigen Tagen immer stärker. Anderseits kommt mir alles wie eine Kulisse vor.

Gestern fuhren wir nach Brügge. Der Titel eines Romans, den ich nicht gelesen hatte, kam mir in den Sinn: *Das tote Brügge.* Ich weiß nicht, wo ich ihn, vor vielen Jahren, aufschnappte; er blieb in einem Winkel meines Gedächtnisses haften, vielleicht in Erwartung einer Gelegenheit wie dieser hier, um an die Oberfläche zu kommen. Es ist eine Stadt mit Kanälen und Nebeln, die hinter ihren sauberen Fassaden etwas zu verbergen versucht. Ich dachte, alle, die wir durch ihre Straßen spazieren, seien gestorben und hätten es bloß noch nicht gemerkt.
Wir sind im Hilton. Nicht weit von hier befindet sich ein Gastarbeiterviertel, das ich heute vormittag von einem Taxi aus gesehen habe. Alle vermittelten den Eindruck, als wären sie gestorben, obwohl sie sich weiterbewegten, wegen des Beharrungsvermögens des Lebens, das sie eben verlassen hatten. Als wir ins Hotel zurückkamen, erblickte ich, während Enrique den Zimmerschlüssel holte, eine Frau, die mir einen Schrecken einjagte, weil sie mir so ähnlich sah. Überdies trug sie ein Kleid, das fast identisch war mit einem, das ich vor einigen Jahren besaß. Ich sagte es Enrique, und er antwortete, das sei meine Angelegenheit, er sehe überhaupt keine Ähnlichkeit zwischen uns. Er ist so sensibel wie eine Leiche.
Ich vermisse meinen Detektiv sehr. Vielleicht hätte die Wirklichkeit, wenn er diese Reise beobachtete, um sie dann in einem Bericht zu beschreiben, nicht diese Totenfärbung. Aber ich stellte mir vor, ein solcher Bericht würde übermäßig teuer, so daß ich ihm keine Anweisung gab, mir zu folgen.

Enrique möchte, daß wir morgen nach Antwerpen fahren, aber das einzige, worauf ich Lust habe, ist, im Hotel zu sein und dort wenn möglich im Bett. Übrigens ist mir aufgefallen, daß er viel trinkt und daß ich ihm dabei fast immer Gesellschaft leiste.
Es ist nachts halb eins. Wir sind eben vom Abendessen gekommen, und Enrique ist im Bad. Offenbar wird er gleich seine Rituale zu Ende bringen. Mir ist etwas schwindlig, und ich bin überwach, denn wir haben zwei Flaschen Wein getrunken und uns danach auf dem Zimmer noch einen Whisky serviert. Ich habe Angst, mich hinzulegen und nicht schlafen zu können.
Was ist los mit mir?
Da kommt er schon.

Es ist Abend, und ich bin im Hotel. Enrique ist mit einigen hierher abkommandierten spanischen Politikern zum Abendessen gegangen. Er hat mich gefragt, ob ich ihn begleiten wolle, aber ohne große Überzeugung; außerdem hatte ich Lust, eine Weile allein zu sein. Bevor er ging, hat er gesagt, er würde versuchen, etwas Haschisch zu bekommen. Vielleicht würde mir das ganz gut tun; manchmal verändert ein Joint die Sicht auf die Wirklichkeit. Dumm ist nur, daß das Haschisch in letzter Zeit die Sicht auf diejenige Wirklichkeit verstärkt, vor der ich fliehen will.
Heute vormittag sind wir nach Antwerpen gefahren. Zum Glück hat Enrique ein Auto gemietet; die gestrige Fahrt nach Brügge machten wir im Zug, und sie ermüdete mich sehr. Wegen der Hitze und der Feuchtigkeit habe ich einen sehr niedrigen Blutdruck. Auf halbem Weg zweigte Enrique von der Hauptstraße ab, und wir gelangten zu einem Dorf mit lauter Kühen. Er lächelte verschmitzt, als hätte er eine Überraschung für mich bereit, und sagte: »Wart's ab, wart's ab.«
Nun, wir kamen zu einer riesigen Werkhalle voller Kühlräume, die wie Appartements aussahen. Ich ging in einige hinein und kam halberfroren wieder hinaus. Sie waren mit großen Tieren, vermutlich Kühen, angefüllt, die geviertteilt oder längs aufgeschnitten waren. Den Rest der Halle nahmen weißgekleidete Frauen ein, die mit enormer Geschicklichkeit große Fleischstücke zerlegten, welche sie von Fließbändern nah-

men. Die Person, die uns herumführte, sprach mit Enrique französisch und lächelte mir manchmal zu, um mich für die geringe Aufmerksamkeit etwas zu entschädigen, die sie mir schenkte.
Etwa nach einer halben Stunde wurde ich ohnmächtig, teils wegen dieses Blutdruckabfalls, aber auch weil ich immer mehr das Gefühl hatte, mich in einem Alptraum zu befinden, aus dem ich nicht erwachen konnte. Kurz bevor ich die Besinnung verlor, erklärte mir Enrique unter vier Augen und zufrieden lächelnd, dieses Geschäft gehöre zu fünfzig Prozent ihm.
»Uns«, korrigierte er sich. »Dank einer Mittelsperson habe ich hier viel Geld hineinstecken können.«
Die Vorstellung, mit Fleisch, mit totem Fleisch, zu handeln, und sei es Kuhfleisch, rief in mir das Bild wach, wir alle, die wir uns hier befänden, seien eine Gruppe von Toten, die Leichen einer anderen, hierarchisch niedrigeren Art zerstückelten, um ihre Teile zu Geld zu machen, welches uns erlauben würde, einen würdigen Tod zu führen. Ich glaube, seit diesem Erlebnis wird mir das belgische Geld immer wie die offizielle Währung des Landes der Toten vorkommen. Nun, ich hatte das Gefühl, sehr stark zu schwitzen, schaute die Frauen in ihren weißen Schürzen, Hauben und Slippern an, die wie tote Krankenschwestern aussahen, welche mit zerteilten Leichen hantierten, und wurde ohnmächtig.
Zum Glück hatte das Auto eine Klimaanlage, denn die Außenluft schien mir unerträglich stickig.
»Du brauchst einen Arzt«, sagte Enrique, wieder auf der Hauptstraße Richtung Antwerpen.

»Es ist der Blutdruck, sonst geht's mir gut.«
Ich stellte ihm keine Fragen zu diesem Geschäft, das er mir mit soviel Begeisterung gezeigt hatte, und ich weiß, daß mir Enrique so etwas nicht verzeiht, weil er spürt, daß ich nicht zu schätzen weiß, was er macht. Und es stimmt, ich schätze es nicht, es interessiert mich überhaupt nicht, obwohl ich weiß, daß wir seinetwegen gut leben. Wenn er Mercedes so liebt, dann, weil sie ihn bewundert und ihm andauernd sagt, alles, was er macht, sei perfekt.
In Antwerpen sind wir hin und her spaziert, aber ich habe nichts wahrgenommen. Wie schon gestern in Brügge hatte ich den Eindruck, wir bewegten uns die ganze Zeit über in einer Kulisse. An die Kathedrale habe ich eine gute Erinnerung, weil es drinnen kühl war und ich lange auf einer Bank saß.
Vor kurzem schaute ich ein wenig aus dem Fenster auf die Straße hinunter und sah einen ärmlich gekleideten Mann Richtung Gastarbeiterviertel gehen, durch das wir gestern fuhren. Ich versuchte mir vorzustellen, wie er seine Wohnung beträte und seine Rolle in einer Familienszene spielte. In welcher Sprache wohl? Auf türkisch, auf spanisch, auf französisch ...? Ob er tatsächlich eine Wohnung, eine Identität hatte? Manchmal denke ich, die Identität ist etwas Labiles, das von einem abfallen kann, wie beim Kopfwaschen ein Haar ausfällt und im Badewannenausguß in unbekannter Richtung verschwindet. Deshalb würde ich mich zum Beispiel nicht getrauen, allein aus dem Hotel zu gehen – aus Angst, daß bei meiner Rückkehr kein Zimmer auf meinen Namen lauten könnte und man sich nicht

daran erinnern würde, daß ich hier gewesen war. Dann würde ich warten, bis mein Mann zurückkäme, aber er würde nicht zurückkommen, weil es tatsächlich gar niemanden gäbe, der mein Mann wäre oder Enrique hieße. Dann riefe ich in Madrid meine Tochter an, aber auch diese Tochter gäbe es nicht, die einer meiner Bezugspunkte war. Deshalb habe ich Angst wegzugehen, weil man mich bei der Rückkehr möglicherweise nicht erkennen würde und ich keine Identität mehr hätte.

Beim Mittagessen brachte ich Mercedes' Schwangerschaft zur Sprache und hielt Enrique vor, mir nichts davon gesagt zu haben.

»Ich dachte, ich sei nicht der Geeignetste, dir diese Nachricht zu überbringen«, antwortete er.

»Ach nein? Und wer war dann die geeignete Person?«

»Deine Tochter. Ich glaube, Mercedes hätte es dir sagen sollen. Wenn sie dazu nicht in der Lage war, werdet ihr beide wissen, warum.«

»Auf einmal ist alles so geordnet, hat jedermann seine Rolle in dieser Geschichte und weiß, was er zu sagen hat und in welchem Moment. Aber ich bin nicht auf der Besetzungsliste, Enrique.«

»Jeder von uns ist an dem Ort, den er selbst eingenommen hat, Elena.«

In seiner Antwort spürte ich einen provozierenden Ton; vielleicht trug er mir noch nach, daß ich mich nicht für sein Fleischgeschäft interessiert hatte, oder vielleicht wollte er die Gelegenheit wahrnehmen, mit mir ein entscheidendes Gespräch zu führen. Ich be-

schloß, ihm die Chance nicht zu geben, und lenkte das Thema in eine andere Richtung, Mercedes' Schwangerschaft keine Bedeutung mehr beimessend.
Ich bin einen Moment im Bad gewesen und habe versucht, dieses Ding da in meinem Darm loszuwerden, und dabei ist mir in den Sinn gekommen, was meine Mutter in ihrem Tagebuch über die Hotelbadezimmer sagt. Sie hatte recht: Sie sind ein perfekter Ort, um mit seinem eigenen Wahnsinn einen Pakt zu schließen. Ihre Formen sind streng und glänzend, aber fragil wie das Nervengleichgewicht meiner Mutter, wie das meine.
Übrigens habe ich das letzte Heft des Tagebuches meiner Mutter mitgenommen, um hier seine Schlußsequenz zu lesen. Seit Wochen habe ich diese Lektüre hinausgeschoben und dachte – warum, weiß ich nicht –, das Ausland wäre ein geeigneter Ort, um sie zu beendigen. Also schließe ich diesen Satz und beginne zu lesen:

Das Leiden ist zum Vorschein gekommen. Seit vielen Tagen liege ich im Bett, und morgen wird man mich ins Krankenhaus bringen, um mich zu operieren. Aber ich weiß, daß ich nicht wieder nach Hause kommen werde, denn heute nachmittag hat mich meine Antipodin besucht, und wenn etwas so Ausgefallenes geschieht, wenn ein nötiges Gleichgewicht auf diese Weise zerbricht, dann, weil wir sterben werden. Elena, meine Antipodin, hat sich aufs Fußende des Bettes gesetzt und mich gefragt, wie es mir geht. Ihr ging es nicht sehr gut, und sie blieb nur kurz. Ich habe ihr gesagt, ich freue mich sehr, sie nach so vielen Jahren kennenzulernen, und habe ihr vorgeworfen, daß sie soviel Kognak trinkt, wo er mir doch gar nicht gut tat.

Ich würde gern noch etwas sagen, aber ich habe keine Lust, obwohl ich beifügen muß, daß ich diesen Knoten, den ich in einem Hotel im Ausland vor so vielen Jahren entdeckte, gehütet und respektiert habe; ich muß sagen, daß er auf diese Aufmerksamkeiten reagiert und außerdem als Regulator meines Verhaltens gewirkt hat. Wenn ich mich schlecht benahm oder mich nicht richtig um die Wohnung kümmerte, wuchs er schneller als normal. Und in den Zeiten, da es mir gut ging, da ich mit mir selbst im Einklang stand, hörte er auf zu wachsen, und es gab Phasen, da ich nicht einmal mehr an ihn dachte. Vielleicht wurde ich deshalb so heiter und vergaß meine Aufgaben. Zum Schluß will ich noch angeben, daß ich achtundsechzig bin, obwohl ich nicht sicher bin, die ganze Zeit über immer dieselbe gewesen zu sein.

Die Lektüre dieses abschließenden Stücks des Tagebuchs meiner Mutter, ihres Lebens, hat mich außerordentlich beunruhigt und zum Weinen gebracht. Wenn sie sagt, am Tag bevor sie die Wohnung verlassen habe, um ins Krankenhaus zu gehen, habe ihre Antipodin sie besucht, meint sie mich. Ich erinnere mich, sie besucht zu haben, da die Nachrichten von ihrem Gesundheitszustand allmählich alarmierend wurden, und ich hatte den Eindruck, sie erkannte mich nicht. In Wirklichkeit verwechselte sie mich mit ihrer Antipodin, was einerseits schmeichelhaft, anderseits schrecklich ist. Außerdem ist mir in den Sinn gekommen, daß ich in der Hotelrezeption eine Frau erblickte, die mir ähnlich sah und ein Kleid trug, das früher vielleicht mir gehört hatte. Möglicherweise ist es meine Antipodin, möglicherweise hat sie ihren geographischen Ort verlassen, um uns unseren Tod ankündigen zu kommen, meinen und ihren.

Enrique läßt auf sich warten, und jetzt täte mir seine Gesellschaft sehr gut und vielleicht auch eine Haschischzigarette, falls er eine bekommen hat.

Enrique kam gestern sehr spät und ein wenig betrunken zurück. Er fand mich im Bad eingeschlossen, weinend und von einem Angstanfall gepackt, den die Lektüre des letzten Stücks des Tagebuchs meiner Mutter ausgelöst hatte. Er brachte Haschisch mit, und wir drehten uns einen Joint, dessen Wirkung ich mit einem Whisky zu verstärken oder zu vermischen versuchte. Er fragte, was mit mir los sei, und ich sagte, es gehe mir nicht gut.

»Was tut dir denn jetzt weh?« fragte er in geduldigem Ton.

»Es tut mir nichts weh – du sprichst ganz einfach mit jemandem, der in der Hölle lebt, und hast es noch nicht gemerkt.«

»Wir leben alle in einer Hölle, Elena, alle, aber wir präsentieren die Rechnung dafür nicht jemand anderem. Und weißt du, warum? Weil sich jeder von uns seine eigene Hölle aussucht, diejenige, in der es ihm am wohlsten ist. Ich weiß, daß du manchmal meine Liebe zum Geld verachtest und dich vollkommen von meinen Geschäften gelöst hast – von unseren Geschäften, denn es sind auch deine. Nun, dank dieser Geschäfte kann ich mir die Höllen finanzieren, die ich will, und erzähle nicht überall mein Elend herum. Du aber weißt noch immer nicht, in welcher Hölle du leben willst. Finde es heraus, gibt dir die nötige Zeit, und wenn du es weißt, dann sag es mir. Ich denke, ich werde sie dir bezahlen können, wie teuer sie auch sein mag. Inzwischen wollen wir aber versuchen, etwas Ruhe zu haben, ja?«

»Es gibt Dinge«, antwortete ich, »die nichts mit Geld zu tun haben. Du und ich, wir haben früher von solchen Dingen gelebt.«

»Schau, Elena, damals hatten wir Anreize, aber es fehlte uns an Ideen. Jetzt habe ich Ideen, bin voller Ideen, die von Geld gespeist werden oder von den Eigenschaften des Geldes, und ich habe nicht vor, auf sie zu verzichten, denn sie sind meine raison d'être. Sei vorsichtig, denn wenn es mit den Ideen zu Ende ist, nehmen Ideale ihren Platz ein, und inzwischen wissen wir ja, was Ideale hergeben.«

Ich mochte nicht weiterreden, denn ich sah ein, daß wir uns in verschiedenen Logiken bewegten und daß ich ihn um die seine beneidete, weil sie fest wie Stein war. Als wir schon ganz benebelt waren, gingen wir ins Bett und liebten uns mit unbegreiflicher Leidenschaft. Aber irgendwann ging mir auf, daß die Leidenschaft vom Wissen kam, daß wir es zum letztenmal machten. Und es wurde mir auch klar, daß ich nicht nach Hause zurückkehren würde, nicht weil ich sterben würde wie meine Mutter, als ihre Antipodin sie besuchte, sondern weil ich den Prozeß meiner Verwandlung in eine andere beschleunigen würde, um endlich meine eigene Hölle zu finden und ausruhen zu können.

Enrique ist weggegangen, und ich bin dabei, meine Sachen zu packen, um ohne ihn nach Madrid zurückzukehren.

Die Verwirklichung von Dingen praktischer Natur kann ein ganzes Leben rechtfertigen, so widerlich sind sie. Ich bin in einem Hotel, wo ich mich vorübergehend eingerichtet habe, während ich ein Appartement suchte. Schließlich habe ich ein mir zusagendes gefunden und werde in den nächsten Tagen dorthin ziehen. Enrique habe ich eine Notiz hinterlassen, worin ich mein Weggehen rechtfertige, und bis zur Stunde hat er nicht versucht, mich ausfindig zu machen. Ich weiß nicht, ob mir dieses Verhalten angenehm ist oder nicht. Jedenfalls haben mich diese Tage, in denen ich praktische Dinge für mein nächstes Leben geregelt habe, dazu gebracht, ein wenig über meine bürgerlichen Neigungen nachzusinnen, und in einigen Dingen mußte ich Enrique gezwungenermaßen recht geben. Ich würde nicht an einem x-beliebigen Ort wohnen wollen und ohne ein Minimum an Annehmlichkeiten, an die ich mich einfach gewöhnt habe, aber ich bin auch nicht bereit, für den Genuß solcher Annehmlichkeiten den Preis zu bezahlen, daß ich nicht weiß, wer ich bin und wo meine Interessen liegen. So habe ich eine Übereinstimmung zwischen meinen bürgerlichen Trieben und meiner Verrücktheit erzielt, indem ich diese abbaute und jene sich leicht entwickeln ließ, um in diesem ersten Abschnitt meines neuen Lebens das nötige Gleichgewicht zu erlangen.

Kaum war ich jedoch wieder in Madrid, rief ich den Detektiv an, damit er einen täglichen Bericht über meine Unternehmungen verfasse. Auf diese Berichte, so banal sie sein mögen, kann ich nicht verzichten, weil sie mein Dasein bescheinigen, aber auch, weil mir die Gewißheit, daß mir jemand zuschaut, die Kraft gibt, mich bei dieser überaus schweren Aufgabe, mein eigenes Leben aufzubauen, hin und her zu bewegen. Wir sind nie am Ende unseres Werdens; in diesen Tagen habe ich den Eindruck, mir gegenüberzustehen wie ein Bildhauer einem Felsblock, von dem er alles wegmeißeln muß, was nicht zur Substanz gehört.

Ich glaube, ich habe das Haschisch endgültig aufgegeben, obwohl ich vielleicht genauer sagen müßte, das Haschisch hat mich aufgegeben, denn an diesem Trennungsprozeß hat mein Wille nicht teilgehabt. Ich habe einfach plötzlich die Lust zu rauchen verloren, und dank dessen stehe ich weniger betäubt auf, und mein Hals ist nicht mehr so trocken. Eigentlich will ich das Haschisch ja gar nicht definitiv aufgeben, denn ich habe ihm viel zu verdanken, aber ich möchte in Zukunft eine andere, weniger zwanghafte Beziehung dazu. Es käme darauf an, zu rauchen, damit es mir gut geht, und nicht, weil es mir schlecht geht. Warten wir's ab.

Gegenwärtig ist es sehr heiß, und die Leute scheinen über den bevorstehenden Urlaub glücklich zu sein. Ich freue mich sehr darüber, dieses Jahr keinen Urlaub zu haben, und hoffe bloß, daß alle aus Madrid weggehen, damit ich allein bleiben und die Zukunft in mich eindringen lassen kann. Die Zukunft ist ein Knoten, der irgendwo in mir zu wachsen begonnen hat und den ich ernähren werde wie ein Kind.

Das Hotel macht mir allmählich Angst. Ich gehe wenig aus, weil ich fürchte, man könnte mich bei meiner Rückkehr nicht wiedererkennen, kein Zimmer laute auf meinen Namen oder man spreche in einer mir unbekannten Sprache. Zum Glück sind in einigen Tagen die Instandsetzungsarbeiten in dem Appartement, das ich gemietet habe, fertig, so daß ich einziehen kann.

Gegenwärtig habe ich schlechten Mundgeruch, und das Essen macht mir überhaupt keinen Spaß. Aber meinem Körper geht es im allgemeinen besser. Gestern ging ich ins Hotelbad hinauf, um zu schwimmen, und stellte fest, daß meine Muskeln auf die Stimulierung durch das Wasser ansprachen. Es war, als eroberte ich eine alte, vergessene Dimension des Körpers zurück. Wieder in meinem Zimmer, war ich körperlich müde, und das bereitete mir großes Vergnügen, denn seit Jahren kannte ich diese Art Müdigkeit nicht mehr. Vielleicht sollte ich versuchen, etwas weniger zu trinken, aber ich verbringe viele Stunden in diesem Zimmer, und manchmal muß ich mich ein bißchen betäuben. Aber es ist merkwürdig, meine Figur bleibt immer gleich; vielleicht habe ich etwas abgenommen, denn wegen des Haschischs habe ich sehr ungeordnet gegessen; aber insgesamt habe ich noch dieselbe Taille wie vor fünfzehn Jahren. Hierin habe ich Glück gehabt; ich kenne andere Frauen, die weniger trinken als ich und deren Bauchmuskeln sehr erschlafft sind. Genau darauf wies der Detektiv kürzlich in einem Bericht hin:

(...) Seit sie den gemeinsamen Haushalt verlassen hat, geht es Elena Rincón sehr viel besser, vielleicht weil sie ruhiger ist oder sich mehr pflegt. Jedenfalls überrascht mich manchmal der Gedanke, daß sie beinahe vierundvierzig ist und ihre Taille noch nicht verloren hat ...

Recht häufig fügt er in seine Berichte solche Sätze ein, die sich auf mein Aussehen beziehen. Über mein Gesicht sagte er vor kurzem, die Falten seien sehr gut plaziert, als wären sie von einer künstlerischen Intelligenz schwungvoll darüber verteilt worden. Seit ich kein Haschisch mehr rauche – und vielleicht auch, weil ich weniger in mich gekehrt bin –, macht es mir zunehmend Spaß, mich etwas mehr zu pflegen. Es ist ein noch fernes Projekt, eine Intuition, wonach ich auf dem Weg wäre, eine andere Art von Beziehung zum eigenen Körper und zu seinen Teilen zu entdecken. Meine Mutter war, soweit ich in ihren Tagebüchern gesehen habe, nur gerade fähig, mit ihren Eingeweiden zu sprechen; mir dagegen gefallen die Haut und die sich darunter abzeichnenden Muskeln besser. Gegenüber dem Hotel befindet sich ein Park, wo ich an manchen Vormittagen von meinem Fenster aus zwei junge Mädchen joggen sehe. Natürlich sind sie sehr viel jünger als ich, aber in ihnen errate ich einen Teil von mir, der seit langem geschlafen hatte oder tot war.
Nehmen wir einmal an, es gehe mir körperlich besser, es gelinge mir sogar, diesen in meinem Darm beherbergten Fremdkörper auszustoßen. Diese Annahme macht mich etwas schwindlig, denn sollte es mir tatsächlich einmal so gut gehen, hätte ich keine Entschuldigung mehr, mich nicht mit mir selbst, mit meinen Wünschen auseinanderzusetzen. Die ganze Leidenschaft dem Körper, seinen Wehwehchen oder Störungen zu widmen, hat viele Vorteile, verursacht aber auch eine beträchtliche Menge Leiden.
Ich habe meinen Bruder gebeten, die Uhr und den Ses-

sel meiner Mutter, nebst einigen Dingen für die Körperpflege, ins Appartement zu bringen. Es ist mir lieber, wenn er es macht, denn zur Zeit habe ich keine Lust, mit Enrique zu sprechen oder die Wohnung zu betreten.

Meine Tochter habe ich noch nicht angerufen. Vermutlich schiebe ich es hinaus, weil ich mich nicht genügend bei Kräften fühle, ihr erneut gegenüberzutreten. Vielleicht wenn ich mich in meiner zukünftigen Wohnung befinde ...

Heute habe ich einen Brief von Enrique bekommen; ein Bote hat ihn gebracht. Ich glaube, es ist ein befreiender, wenn auch trauriger Text, als könnte das eine nicht ohne das andere gehen. Er lautet so:

Liebe Elena, ich schreibe Dir lieber diese Zeilen, als daß ich Dich anrufe, damit Du mein Verhalten nicht als Wunsch interpretierst, mich in Deine Entscheidungen einzumischen, auch wenn mich diese ganz direkt betreffen. Von Deinem Bruder weiß ich, daß Du Dich in diesem Hotel befindest, und ebenfalls von ihm weiß ich, daß es Dir nicht schlecht geht.
Ich nehme an, was geschieht, hat nichts mit mir, mit uns zu tun. Aus was für Gründen auch immer hast Du offenbar beschlossen, Dein Leben neu zu orientieren oder es zu zerstören, und Du hast es getan, ohne auf jemanden zu zählen. Ich mache Dir deswegen keinen Vorwurf.
Was mich angeht – falls es Dich interessiert –, will ich Dir sagen, daß ich, unabhängig von der Meinung, die ich mir über Dein Verhalten bilden muß, dafür offen bin, Dir im Rahmen des Möglichen zu helfen. Du sollst aber auch wissen, daß ich nicht zu leiden bereit bin und Dir nie wieder Gelegenheit geben würde, mir solche Szenen zu machen, wie ich sie auf unserer Reise nach Brüssel hinnehmen mußte.
Da Du Dich also entschlossen hast, auf diese Art zu verschwinden, bitte ich dich, mich nie anzurufen, es

sei denn, um mir eine gute Nachricht zu geben. Auch ich habe ein Recht darauf, die Art Leben, die ich gewählt habe, respektiert zu sehen, und in dieser Art Leben haben Tragödien keinen Raum, und auch nicht ständige Darmbeschwerden oder Kopfschmerzen und schon gar nicht die großen Fragen um das Leben oder um die Angst, nicht zu wissen, wohin wir gehen oder woher wir kommen. Ich verstehe nichts von solchen Problemen, die mich schon lange, bevor ich die Schranke zur Reife überschritt, zu interessieren aufhörten.

Das will nicht heißen, daß ich Dich nicht liebe, obwohl ich vollkommen auf Dich verzichten kann, wie ich nach und nach auch auf andere, ebenfalls geliebte Dinge mit derselben Natürlichkeit verzichtet habe, mit der man die Haare verliert oder die ersten Falten bekommt. Was unsere Tochter Mercedes betrifft, habe ich ihr, ohne auf Einzelheiten einzugehen, von unserer Trennung erzählt, und sie hat keinerlei Kommentar dazu abgegeben. Vielleicht solltest Du mit ihr sprechen. Ich muß gestehen, daß mich der Gedanke, Großvater zu sein und ein junger Großvater zu sein, ziemlich glücklich macht. Irgendwo muß man seine Gefühle ja unterbringen, und ich habe begonnen, sie zu einem guten Teil diesem Jungen oder Mädchen zu schenken, der oder das in einigen Monaten in unser Leben treten wird.

Später, wenn Du besser eingerichtet oder ruhiger bist, können wir, falls Du willst, über die praktischen Angelegenheiten dieser Trennung reden, die ich weder angeregt noch erbeten habe.

Den letzten, den Abschiedssatz, führe ich hier nicht an, er klingt mir nach Geschäftsbriefformel. Enriques Schreiben ist sehr frostig, obwohl mein Verhalten vielleicht nichts anderes verdient hat, und in keinem Moment war ich versucht, es zu beantworten, da einer der Entschlüsse, die ich gefaßt habe, der war, nie wieder mit jemandem zu sprechen, der mich nicht versteht. Es ist so sinnlos ...

Vielleicht war meine Beziehung zum Haschisch ein Ersatz für die, die ich zu meiner Mutter hatte. Ich habe schon darauf hingewiesen, daß sie mir alles Gute und alles Schlechte gegeben hatte, wenn auch zur selben Zeit und alles durcheinander, als käme die Aufgabe, das eine vom andern zu trennen und zu wählen, mir zu. Mit dem Haschisch passierte mir etwas Ähnliches, denn dank ihm hatte ich Zugang zu einer anderen Wahrnehmung der Wirklichkeit, und es half mir, den Gefängnissen zu entkommen, in die sich die Frauen ganz allgemein zu bringen pflegen, und speziell dem, das für mich bestimmt war. Es half mir, wie Enrique sagen würde, die Falle zu sehen, die sich unter den Dingen versteckt, aber es bescherte mir auch unzählige Störungen, die zu einer Art von Selbstzersetzung führten, welche mir aus dieser neuen Perspektive unverständlich erscheint. Letzteres sage ich mit einer gewissen Furcht, denn ich weiß ganz genau, daß mein Gleichgewicht sehr labil ist und daß es darin Dinge gibt, die ich nicht richtig beherrsche – diejenigen nämlich, die mich noch immer in Versuchung führen, ins vorherige Leben zurückzukehren.
Heute ist Sonntag, und Menschen wie Dingen ist die Festlichkeit des Tages anzumerken. Immer fürchtete ich die Sonntagnachmittage, denn sie waren wie eine Unterbrechung in meinem Leben, eine Art Aufhebung der Koordinaten, innerhalb deren wir zu handeln pflegen. Jetzt, da mir keine Koordinaten bleiben,

da ich sämtliche Bezugspunkte verloren habe, scheint mir der Sonntagnachmittag eine Gelegenheit zur Erholung. Ich werde im Hotel essen und dann vielleicht einen Spaziergang machen, um meinem Detektiv etwas Arbeit zu verschaffen. Oft fantasiere ich von ihm, von seinem Bild, und ich gestehe, daß mir die Bewunderung, die er für mich bekundet und in seinen Berichten täglich unverhohlener durchscheinen läßt, eine Art Schwindel verursacht, der mich manchmal an den Schwindel der Jugend erinnert. Anschließend werde ich fernsehen und versuchen, nicht mehr als zwei Whiskys zu trinken.

Ich glaube, nächste Woche wird das Appartement bereit sein. Die Malerarbeiten und die Ausbesserungen, um die ich in Bad und Küche bat, sind fertig. Morgen werde ich Vorhänge aussuchen gehen.

Gestern bin ich endlich die letzten Einkäufe machen gegangen, damit das Appartement bezugsbereit ist. Es war sehr heiß, und ich zog ein T-Shirt und einen weiten, ganz leichten Rock an, den ich dieser Tage gekauft habe. Das Ganze war etwas jungmädchenhaft, stand mir aber trotzdem gut, als machte es mich kleiner. Vielleicht sollte ich mich um meine Frisur kümmern, sie ändern. Diese langen Haare habe ich jetzt seit zwanzig oder fünfundzwanzig Jahren, und sicherlich wird es mir schwerfallen, mich an das Leben ohne sie zu gewöhnen, aber ich glaube, wenn ich sie abschnitte, sähe ich jünger aus.
Ich war im Zentrum, um Läden anzuschauen und ein paar Kleinigkeiten auszusuchen, die mir in meinem Appartement das Gefühl von Beschütztsein geben sollen. Ich aß in einer Cafeteria, wo merkwürdigerweise, als ich beim Kaffee war, plötzlich ein Beatles-Song ertönte, den ich vor mittlerweile mehreren Monaten hörte, ebenfalls beim Essen, in einer andern Bar. Die Situation war also sehr ähnlich, aber ich war anders. Nun war ich eine Frau, die die Zügel ihres Lebens in die Hand genommen hat, auch wenn sie sie noch nicht sehr gut zu handhaben weiß, während die Erinnerung an damals eine Frau zeigt, deren Bewegungen von einem Impuls abhängig sind, welcher mit ihrem Willen nichts zu tun hat, als wäre sie ein Automat, ein von der unsichtbaren Hand eines Mechanikers bedientes lebendes Gerät.

Als ich wieder auf die Straße trat, wurde ich überfallen. Ich ging Richtung Serrano hinunter, und plötzlich trat aus einem dunklen Hauseingang ein Bursche von etwa zwanzig Jahren, der mir auf Bauchhöhe das Messer an den Leib setzte. Aber als ich ihm schon meine Tasche geben wollte, tauchte wie vom Himmel gefallen ein korpulenter Mann auf, der sich zwischen den Straßenräuber und mich stellte. Ich erinnere mich, daß ich davonrannte und gleichzeitig bedauerte, daß ich nicht auf die Züge meines Retters hatte achten können, denn er war niemand anders als der Detektiv. Heute vormittag habe ich den Hotelboy den Bericht abholen geschickt. Er lautet so:

Am Tag des angegebenen Datums verließ Elena Rincón um zwölf Uhr das Hotel, in dem sie sich vorübergehend einquartiert hat, und spazierte gemächlich zum Ladenviertel im Zentrum, wo sie in mehreren Geschäften Einkäufe tätigte. Sie war sehr leicht und schlicht gekleidet, mit einem T-Shirt und einem Rock, die ohne Zweifel für viel jüngere Frauen als sie gedacht sind. Aber der Rock, vor allem der Rock, stand ihr sehr gut.
Die Natur ihrer Einkäufe läßt ihre Absicht erkennen, möglichst bald in das Appartement überzusiedeln, das sie in der Calle María Moliner gemietet hat, unweit der Plaza de Cataluña und relativ nahe ihrer ehelichen Wohnung. Manchmal ist es schwieriger, aus einem Viertel wegzuziehen, als einen Mann zu verlassen.
Sie aß langsam, wie in sich selbst versunken, in einer Cafeteria in der Calle Velázquez, und als sie heraus-

kam, wäre sie beinahe von einem Burschen überfallen worden, der dringend Geld brauchte, um irgendwelche Drogen zu kaufen. Ich stellte mich zwischen den Burschen und sie, die davonrannte, und erhielt auf Zwerchfellhöhe einen kleinen Schnitt, bevor ich dazu kam, ihn mit einem Stoß zu Boden zu werfen. Er dürfte nicht schwerer als fünfzig Kilo gewesen sein, und anschließend tat es mir leid, ihn so kräftig geschlagen zu haben.
Auf jeden Fall verlor ich Elena Rincón und mußte eine Unfallstation aufsuchen, um die Wunde behandeln zu lassen. Es ist sehr gut möglich, daß Elena Rincón mein Gesicht überhaupt nicht zu sehen bekam, denn ich stellte mich mit dem Rücken gegen sie, und es blieb nicht einmal Zeit, uns in die Augen zu sehen, ehe sie die Flucht ergriff.
Hier schließe ich den Bericht, denn es gibt nichts Wesentliches mehr beizufügen, und ich befinde mich nicht gerade in der idealen Haltung, um etwas zur Heilung der Wunde beizutragen.

Nachdem ich das gelesen hatte, rief ich das Büro an, um seine Stimme zu hören, und das Gespräch nahm einen Verlauf, den ich nicht erwartet hatte, der mir aber sehr gefiel.
»Ihr Auftrag«, sagte ich aggressiv, nachdem ich gegrüßt hatte, »besteht nicht darin, Elena Rincón vor Straßenüberfällen zu schützen, sondern ihr überallhin zu folgen und uns danach von ihren Bewegungen zu unterrichten.«
»Verzeihen Sie«, antwortete er höflich, »ich weiß, was

mein Auftrag ist, wenn ich sehe, daß jemand von einem andern überfallen wird. Ich würde wieder tun, was ich getan habe, auch wenn die Folgen schwerwiegender wären, als ich sie erlitten habe.«
»Der Bericht ist außerordentlich kurz, als versuchte er uns einige der Bewegungen zu verheimlichen, die die Überwachte unternahm. Allmählich gewinnen wir den Eindruck, Ihnen gefällt diese Frau allzusehr, und vielleicht müssen wir auf Ihre Dienste verzichten.«
»Nun, da Sie es schon erwähnen, so erlauben Sie mir, gleich jetzt von dieser widerlichen Arbeit zurückzutreten. Nie hätte ich in eine derartige Ermittlung einwilligen dürfen.«
»Weshalb sagen Sie das?« fragte ich mit verführerischer Stimme, denn ich hatte Angst, er könnte einhängen.
»Erstens, weil man nie für einen gesichtslosen Kunden arbeiten soll; zweitens, weil man immer das Ziel kennen muß, auf das die Ermittlung ausgerichtet ist; und drittens, weil wir in diesem Fall einer absolut wehrlosen Frau gegenüber unfair sind, der man einzig einen pathologischen Hang zum Spielen unterstellen kann, einen Hang, von dem sie Abstand zu nehmen im Begriff ist, wie für mich feststeht. Sollte das Problem darin bestehen, daß sie in einem Kasino größere Schulden offen hat, dann kassieren Sie das Geld bei Ihrem Mann – er schwimmt darin. Aber lassen Sie Elena Rincón in Ruhe, sie hat schon genug gelitten, indem sie die ganzen Jahre diesen Enrique Acosta ertragen hat.«
»Sie sind verliebt in sie, und das erlaubt Ihnen nicht, objektiv zu sein. Lassen Sie sich nicht täuschen.«
»Sie haben von mir verlangt, nicht objektiv zu sein.

Und überhaupt ist dieses Gespräch sinnlos. Melden Sie Ihrem Chef, daß ich den Auftrag zurückgebe, und machen Sie ihn darauf aufmerksam, daß ich Elena Rincón weiterhin überwachen werde, aber diesmal, um sie vor Ihnen zu schützen. Ich weiß nicht, worin Sie Ihre Finger haben, aber soviel Geheimniskrämerei kann nur etwas Illegales verbergen. Krümmen Sie dieser Frau ein einziges Haar, und Sie kriegen es mit mir zu tun.«

Nach diesen Worten hängte er ein und ließ mich in einer Benommenheit zurück, von der ich mich noch nicht habe erholen können. Sollte ich mich da etwa in eine Geschichte hineinziehen lassen? Ich weiß nicht, aber auf jeden Fall hat der Detektiv allmählich die Rolle eines Bezugspunktes übernommen, auf den ich in diesem Moment nur schwer verzichten könnte. Plötzlich hat mich der Gedanke durchzuckt, dieser Mann könnte herausgefunden haben, wer ich bin, und dann zielt sein Verhalten darauf ab, mich zu verführen.

Übermorgen ziehe ich in mein neues Heim.

Ich habe mir die Haare geschnitten und trage sie nun sehr kurz, wie ein junges Mädchen, das ich in einer Zeitschrift gesehen habe. Beim Duschen mache ich sie jeden Tag naß, und sie trocknen fast auf der Stelle. Ich dachte, um die Verwandlung zu vervollständigen, müßte ich es tun, noch bevor ich meine neue Wohnung in Beschlag nähme. Ich bin eine andere.
Diese Nacht habe ich erstmals im Appartement geschlafen und dabei viel geträumt, aber es waren seltsame Geschichten, sehr schwierig zu beschreiben, da ihnen der Zusammenhang fehlte, den wir von den Dingen verlangen, die wir uns im Wachzustand erzählen. Als ich noch Haschisch rauchte, träumte ich nicht, als ersetzte die Droge die Träume – die Alpträume eher. Ich will ein paar Tage abwarten und werde dann wieder rauchen, aber anders, dann nämlich, wenn ich wirklich Lust darauf habe.
Ich bewege mich in meinem Appartement, als hielte ich mich seit Jahren darin auf. Seine Wände, sein Badezimmer, seine Möbel empfinde ich wie Verlängerungen von mir und nicht als meine Feinde. Es geht mir gut, ich bin im Frieden mit mir selbst und warte mit einiger Erregung darauf, zu erfahren, was in den nächsten Jahren aus meinem Leben werden wird, wie ich altern und welchen Namen ich den Dingen geben werde, die mich betreffen.
Ich habe meine Tochter angerufen, um sie zum Essen einzuladen, aber sie sagte mir, sie fährt morgen in den

Urlaub und muß noch alles vorbereiten. Sie wollte mich nicht sehen, und das war eine Befreiung für mich, denn ich habe ihr noch nicht viel zu sagen. In den nächsten Monaten werden ihr »Knoten« und meiner parallel zueinander wachsen, aber meiner – derjenige, aus dem ich entstehen werde – wächst der Möglichkeit eines neuen, andersgearteten Lebens entgegen, während der ihre der bloßen Wiederholung dessen entgegenwächst, was sie andere hat tun sehen. Mercedes hat sich noch nicht klargemacht, daß sie eine Frau ist und daß dies einen Auftrag beinhaltet, dem wir uns früher oder später stellen müssen, wenn es sich weiterhin zu leben lohnen soll.

Den Sessel meiner Mutter habe ich neben die Tür zu dem kleinen Balkon gestellt, der auf die María Moliner hinausgeht, eine schmale, aber ruhige Straße. In diesem Sessel schreibe ich die vorliegenden Zeilen, die vielleicht die letzten sind, wenigstens die letzten meines früheren Lebens, das ich in Brüssel am Tag nach der Begegnung mit meiner Antipodin abgeschlossen habe. Das Ticktack der Pendeluhr ist so sanft wie der Schwindel vor der Leere, zu der sich meine Zukunft auftut. Wir haben das ganze Leben vor uns, es gibt keine Eile mehr. In diesen Augenblicken spüre ich, daß das seltsame Ding in meinem Darm verschwunden ist; sein Fehlen nehme ich auf dieselbe Weise wahr wie das Fehlen meiner langen Haare, jedesmal wenn ich den Kopf vorbeuge. Auf der Straße, vor meinem Balkon, streiten zwei Männer; sie gehören zu dieser Gesellschaft, zu dieser Maschine, die Enrique so schön repräsentiert. Sie leben in einem Alptraum und glau-

ben alles im Griff zu haben. Wenn sie aus diesem Traum erwachen, werde ich ihnen um ein ganzes Leben voraus sein.
Auf einmal steht die Sonne so, daß ich nicht mehr sehen kann. Durchs Fenster scheint blendendweißes Licht herein, wie in einem Hotelbadezimmer. Mitten in diesem Licht wird sich sehr bald eine Gestalt herausbilden, dunkel und schön wie die des Teufels, aber milde und sanft wie die der Göttlichkeit.